달빛조각사

달빛 조각사 35

2012년 4월 26일 초판 1쇄 인쇄
2012년 5월 1일 초판 1쇄 발행

지은이 남희성
발행인 이종주

기획 팀 김명국
책임 편집 이세종

발행처 (주)로크미디어
출판등록 2003년 3월 24일
주소 서울시 용산구 원효로97길 46 5층
Tel (02)3273-5135 Fax (02)3273-5134
홈페이지 rokmedia.com · **E-mail** rokmedia@empal.com

ⓒ 남희성, 2007

값 8,000원

ISBN 978-89-257-2530-7 (35권)
ISBN 978-89-5857-902-1 04810 (세트)

이 책은 (주)로크미디어가 저작권자와의 계약에 따라
발행한 것이므로 본서의 내용을 무단 복제하는 것은
저작권법에 의해 금지되어 있습니다.

작가와의 협의에 의해 인지는 생략합니다.
잘못된 책은 바꾸어 드립니다.

달빛 조각사 35

남희성 게임 판타지 소설

차례

하벤 제국의 승승장구   7

메타페이아 정복   45

불세출의 전사   93

전쟁의 시대 속으로   121

세계를 구하는 용사   157

사라지는 도시들   203

과거에서 벌어지는 전쟁   241

폭군의 등장   271

하벤 제국의 승승장구

위드는 끝없이 펼쳐진 모래사막을 바라보고 있었다.

그의 복장은 완벽한 사막의 대전사로서 바뀌어 있었다. 머리에는 깃털로 장식한 터번을 두르고, 몸에는 고급스러운 다마스크 원단으로 제작된 헐렁한 옷을 입었다.

얼마 전과 달라진 모습이라면, 외모가 갑자기 나이가 들어 있었다. 눈가의 잔주름은 깊어졌고, 머리카락은 완벽하게 빠져서 대머리가 되었다.

공짜를 좋아하는 이들의 모범적인 표상과도 같은 모습!

노들레의 퀘스트를 하며 캐릭터도 따라서 20년이 넘는 나이를 먹은 것이다.

"어흠, 확실히 현실과는 다르군."

위드는 반짝이는 민머리에 사막의 열기와 뜨거운 바람이 그대로 스치는 것을 느끼며 중얼거렸다.

연계 퀘스트를 다 마치고 나면 원래대로 돌아간다고 해도 외모가 이런 식으로 늙어 버린 것은 그에게도 충격이었다. 사람들은 누구나 멋진 모습으로 늙기를 바라기 때문이다.

위드의 나이도 아직 한창때이지 않은가.

"뭐, 어차피 진짜가 아니니까 상관없겠지. 실제로 나는 중후하고 기품 있게 나이를 먹을 테니 말이야. 특히 이 찢어진 눈과 올라가서 실룩거리는 입꼬리는 현실일 리가 없어."

겉으로는 변해 버린 외모에 신경 쓰지 않는다고 하면서도 얼굴에 파라오의 황금 가면을 착용했다.

2,000년 이상 된 골동품으로, 레벨 제한이 무려 700을 넘어가는 보물이었다.

노들레의 몸이 되고 나서 초반에는 사막여우 1마리에도 생명의 위협을 느끼며 도망 다니기 바빴지만 이제는 급속도로 성장하여 사막을 제패하며 얻은 것이다.

"훨씬 낫군."

위드는 청바지에 흰 티셔츠만 입어도 훤칠한 멋이 나는 연예인이나 모델 들과는 달리 지극히 평범한 편이다. 그렇지만 사막풍의 복장은 그와 썩 잘 어우러져 조화를 이루었다.

특히 퀘스트가 진행되어 갈수록 입가에 썩은 미소를 지을 때에는 현지인의 느낌이 더욱 완벽해져 갔다.

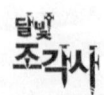

"대제님, 저희가 도착했습니다."

위드의 뒤로 모래바람을 일으키며 낙타를 탄 1,000명의 전사들이 집결했다.

사막의 붉은 칼이라는 부하들은 개개인이 각 부족의 대표들이었고 영웅이었다.

자리가 사람을 만든다는 속설처럼, 위드는 목소리를 낮고 근엄하게 깔았다.

"준비는 다 하였느냐?"

"끝났습니다."

"거치적거리는 마지막 관문을 부수어 버릴 때가 되었노라. 묻겠다, 우리가 누구이더냐."

조각 생명체로서 충직하기 짝이 없는 전일이가 대답했다.

"사막의 못된 놈들입니다."

"뭣이!"

위드의 기대에 완벽하게 어긋나는 대답!

전삼이가 그래도 정직했다.

"사막의 불한당들이죠."

가끔 못된 짓을 저지르기도 했다. 시간이 촉박하다 보니 이것저것 가릴 게 없었기 때문이다.

한번은 우연히 중앙 대륙에서 온 모험가 NPC를 조우한 적이 있는데, 결과는 참혹하게 끝났다.

"후후, 좋군."

모험가가 착용하고 있는 장비와 사막의 지도를 본 위드의 눈이 빛났다. 그리고 몇 분 후, 모험가는 몽땅 털리고 사막에 속옷 차림으로 버려지게 되었다.

사막 부족들이 가난하지만 않았다면, 어쩌면 가뜩이나 없는 인구가 대학살을 당했을지도 모를 일.

전육이는 며칠 전에 맞은 적이 있기에 명확한 단어를 사용했다.

"사막의 지배자이며 생명의 물과 뜨겁고 광활한 모래의 주인, 율법의 창시자입니다. 사막을 지피는 저물지 않는 태양, 위드 대제왕 폐하, 만세 만세 만만세!"

"음, 잘 기억하고 있었노라."

"최근 폐하의 성은을 입으면서 확실히 외우고 있었나이다."

"좋다. 가자!"

위드는 그사이 모래가 잔뜩 쌓인 망토를 걸친 채 쌍봉낙타에 올랐다.

그들이 목표로 한 사냥터는 신비 도시 메타페이아!

태양이 하늘의 가장 높은 곳에 떠오르자, 광대한 사막에 일렁임이 생기더니 곧이어 신기루처럼 커다란 도시가 나타났다.

위드와 사막의 붉은 칼 전사들은 신비 도시를 향해 낙타를 내달렸다.

로열 로드의 시간으로 무려 22년간이나 성장하는 노들레의 장대한 퀘스트!

하루에 100일씩이 흘러가기 때문에 실제로는 상당히 빨리 지나간다.

위드의 퀘스트에 남아 있는 시간도 슬슬 마지막으로 향해 가고 있었다.

사막에서 21년이라는 시간이 지났고, 레벨은 현재까지 783을 넘겼다.

조각술 최후의 비기 퀘스트를 성공하든 실패하든, 완전히 진행하고 나면 사라져 버릴 능력이기는 하다. 마치 로또에 당첨은 되었는데 돈 대신에 명예를 주는 것과도 비슷했다.

"고생은 죽어라 했는데 받아야 할 돈을 떼인 기분이군."

사막에서는 사냥터의 선정이 정말 중요한데, 알려져 있거나 숨겨져 있던 던전들이 위드와 사막의 붉은 칼에 의하여 격파되었다.

사막과 가까운 남부 공국 지역들도 돌아다니며 어려운 던전들을 격파하고, 이제는 예전에 위험해서 남겨 놓았던 신비 도시 메타페이아를 완전히 정복하기 위하여 왔다.

"돌아왔군."

일정한 시간에만 문이 열리는 신비 도시 메타페이아에서

레벨 400대였을 때에는 수차례 빈틈을 공격하며 기회를 봐야 했던 몬스터들이, 다시 찾아오니 우습게 느껴졌다.

꾸워오오오!

몬스터들은 아예 싸우지 않기 위하여 반대쪽으로 전력 질주로 도망을 치고, 혹은 땅에 엎드려서 죽은 척을 했다.

위드가 나타나자마자 카리스마와 투지에 눌려서 땅에 엎드리는 몬스터들!

예전에 왔을 때는 흉악한 주둥이를 쩌억 벌리며 날카로운 이빨을 드러내고 역겨운 침 냄새를 풍겨 대던 라우카우들이다.

"야, 죽었나?"

…….

"가죽이나 벗겨 가야겠군."

꾸잉낑낑낑!

위드의 레벨이 700대를 넘고 나니 라우카우나 볼라드 같은 사나운 몬스터들마저도 싸우려고 하지 않고 귀엽게 애교를 떨었다.

가히 전과 19범의 은행 강도에게 돈 보따리를 짊어지고 도와 달라고 하는 격!

마땅히 사냥을 해야 했지만, 퀘스트의 제한 시간이 얼마 남지 않았다. 다른 던전을 정복하고 나서 메타페이아가 열리는 시간을 맞추다 보니 어쩔 수 없었다.

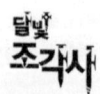

"이런 놈들이나 상대하고 있을 시간이 없지. 마지막으로 목표로 했던 레벨 800을 달성해야 하니까. 가자."

"알겠습니다, 대제!"

위드와 부하들은 메타페이아의 돌로 되어 있는 입구를 낙타를 탄 채 그대로 달려서 가로질렀다.

몬스터들은 '저 독한 놈들이 또 왔다.'면서 막지도 않고 재빨리 좌우로 비켜서 주었다.

도시의 입구에는 삼지창을 들고 있는 거인들의 조각품이 양쪽으로 세워져 있고, 황금으로 된 분수가 물을 뿜어내고 있었다.

고대의 신비로운 아름다움이 묻어 나오는 유적 도시.

이곳을 알게 된 것도 사막의 던전들을 무수히 격파한 덕분이었다.

레벨 400대의 던전들을 통과하지 못했다면 알아낼 수 없었던 귀중한 지식들!

사막의 주민들이 사는 도시에서 서윤이 단서들을 모아 메타페이아의 전설에 알아냈고, 위드는 전투를 하면서도 관련이 있는 자료들을 모았다.

위드가 부하들과 처음 도착했을 때는 레벨이 430 정도일 무렵이었다.

그때에는 입구 근처의 몬스터들과 치열하게 싸우고, 도시 내부로 조금 진입하여 요괴 일족을 상대로 전투를 치렀다.

장기간 보존되어 있던 무수히 많은 재물들을 얻었고, 당시에는 착용하지 못했던 몇몇 최상으로 불릴 만한 아이템도 획득했다.

 위드에게는 시간이 넉넉히 없어서 사냥을 하며 좋은 아이템을 갖출 여유가 부족하다. 하지만 던전들을 최초로 격파하고 보스급 몬스터들을 휩쓸면서, 쓸 만한 장비들로 무장할 수 있었다.

 사막의 붉은 칼이라고 불리는 부하들 역시 좋은 장비들을 상당수 챙겼다.

 물론 서열이 높은 이들 위주로 고급 장비들을 착용했고, 사망자가 발생하여 보충된 신참 전사들은 별 볼일이 없었다.

 그나마도 부족에서 막 나올 때에는 쓸 만한 장비들을 챙겨왔었다.

 "후배로군. 칼이 좋아 보인다."

 "제가 붉은 칼 부대로 들어오게 되면서 부족장님께서 특별히 장만해 주신 겁니다."

 "내놔라."

 "옛!"

 군대가 으레 다 그렇듯이 서열 위주!

 더구나 구타와 갈굼이 일상처럼 벌어지는 위드의 군대였기에 자신의 목숨은 스스로 챙겨야 했다.

 붉은 칼 부대에는 이미 위업을 달성한 날고뛰는 전사들이

많아서, 부족 최고의 전사도 조무래기 신참으로서 알아서 기어야 했다.

"침입자들이 다시 나타났다."

"더 무서워졌다. 건드리지 말아야 한다."

"부족의 운명이 위태로워졌군."

요괴 일족 또한 위드와 부하들을 보자 길을 비켜 주거나, 메타페이아에 있는 그들의 집으로 들어가서 나오지 않았다.

위드는 군대를 이끌고 계속 낙타를 달려서 커다란 석문 앞에 섰다.

메타페이아를 다스리는 최강의 생명체가 있는 던전!

과거에도 들어가 보았지만 그때 위드는 사막 전사들을 100여 명이나 잃고 도망쳐 나와야 했다. 퇴각의 판단이 약간이라도 더 늦었더라면 피해가 기하급수적으로 커졌을 것이고 퀘스트도 실패했을지 모른다.

그렇다 해도 그때 입은 시간 낭비와 같은 피해가 없었더라면 레벨을 3~4개쯤은 더 올렸을 수도 있었으리라.

위드는 부하들에게 물었다.

"두려운가?"

"아닙니다."

"나는 두렵다."

"……."

조각 생명체들을 포함한 사막 전사들은 말이 없었다.

위드의 연설이란 도저히 종잡을 수가 없었으므로!

"무서운가?"

"무섭습니다."

"집에 가라."

"……."

위드는 사막 전사들의 얼굴을 빠르게 흘러가듯이 쳐다보았다.

사막 전체가 그의 지배지나 다름없었기에, 각 부족의 뛰어난 전사들이 충성을 바치기 위해 달려와서 고난을 겪으며 이곳에 함께 있다.

위드와 서윤에 의해서 사막의 지형과 역사가 많이 바뀌어 있었다.

풍부한 강우량으로 인해 각 사막 도시들이 번성하면서, 이를 침략하러 오는 몬스터 무리와 도적 떼가 압도적으로 많아졌다.

고요의 사막 부근에서 살아가던 위험한 몬스터들이나 수만에 이르는 전투 부족들이 침략을 해 오기도 했다.

대규모 전투가 자주 벌어지게 되면서, 도시의 늘어난 인구와 전투 기술로 사막 전사들의 수준도 대거 올라가게 되었다.

물론 그렇다고 해도 위드가 직접 생명을 부여한 직속 전사들처럼 레벨이 740을 넘어가거나 하진 않았다. 그럼에도 웬만한 기사들은 맨주먹으로 쓰러뜨릴 수 있을 정도로 용맹한

전사들이었다.

 군대의 질로만 놓고 보자면 어떤 기사단도 이들에게 비할 바는 아니리라.

 "대제님, 목숨을 바쳐서 싸울 것입니다."

 "항상 제일 앞에 서겠습니다."

 위드와 눈이 마주친 사막 전사들은 용맹과 투지를 과시하였다.

 일단 전투가 벌어지고 나면 위드는 무섭게 앞으로 치고 나간다. 단 한 번도 뒤돌아보지 않은 채, 오로지 앞을 가로막는 적과의 전투뿐.

 그래도 싸움이 벌어지기 전이면 짧은 순간이나마 위드가 그들을 믿어 준다는 듯이 쳐다봐 준다. 사막 전사들에게는 더없는 영광이고, 사막의 지배자에 대한 경의를 표시할 수 있는 시간이기도 하다.

 위드는 모든 어려운 전투들을 승리로 장식하며 사막의 부흥을 이끌었다.

 동시대를 살아가는 전설적인 강자!

 그를 따르는 전사들에게는 신과 다를 바 없는 존재였다.

 위드는 사막 전사들의 눈을 마주치며 어떻게 활용할지 생각했다.

 '이놈은 죽이고… 저건 쓸모가 없고 너무 설쳐 대서 방해만 돼.'

불필요한 사막 전사는 전투 중에 가차 없이 처단!

 '지난번 전투에서 미끼로 던져 줬는데 살아왔군. 다시 던져 줘야지.'

 용케 살아 돌아와도 잊지 않고 그 다음번에 또다시 사지로 던져 넣어 주는 잔혹함.

 '얘는 살려야지. 쓸모가 많았어. 말뜻도 잘 알아듣고 온순한 성격이라서 앞으로도 계속 부려 먹기 좋은 녀석이야.'

 사막에서 쓸데없이 부대의 규모를 늘리는 건 비효율적이다. 정예화를 유지하고 실질적인 역량을 강화하기 위해서는 과감하게 속아 줘야 했다.

 위드가 쳐다보는 시선에는 복잡한 관계들이 뒤섞여 있었지만, 과묵한 분위기만큼은 카리스마가 넘쳤다.

 "우리는 사막에서 지금까지 밝혀진 중에 가장 강한 몬스터를 잡는다."

 "옛!"

 "아주 위험한 도전이 될 것이다. 그럼에도 우리가 해야만 하는 이유는……."

 위드는 잠시 뜸을 들였다.

 노들레의 퀘스트는 정해진 시간 동안의 성장이 주목적이다. 퀘스트의 마지막 마무리에서 굳이 사막 최강의 몬스터들을 사냥할 필요는 없었다.

 물론 성공한다면 지금보다 레벨이 훨씬 높아지긴 할 것

이다.

"놈이 모아 놓았을 보물을 얻기 위함이 첫 번째 이유이고 두 번째로는……."

꿀꺽!

사막 전사 중에서 여럿이 침을 삼켰다.

기사들과는 달리 헛된 명예나 명분에 집착하지 않는다.

욕심에 솔직한 것이 최선!

사막 도시들이 급속도로 발전한 원인에는 위드가 비를 내려 주고 방랑하는 도적 떼, 몬스터들을 처단한 것이 크게 작용했다.

하지만 결정적인 이유 중의 하나는 이런 식으로 몬스터들이 가지고 있는 던전 안의 보물들을 획득하여 도시에 풀었기 때문이다.

"우리가 사막에서 가장 강하기 때문에 싸우는 것이다."

"으와아아!"

전사들의 의기양양한 함성!

"보물 찾으러 가자!"

위드는 부하들을 이끌고 당당하게 던전으로 들어갔다.

퀘스트를 진행하면서 사막의 지배자라는 호칭까지 얻은 것은 이러한 무모함과 욕심 때문이었다.

"대륙은 이제 완전히 끝났어. 헤르메스 길드, 하벤 제국이 앞으로 대륙을 통일할 거란 건 뻔한 일이지."

"아, 젠장. 세금 오르는 소리가 들리는 거 같다."

"대륙 연합군과는 전술과 전략에서 애초에 비교도 안 되었네. 뭐하자고 덤빈 거야."

"헤르메스 길드 전쟁 실력이야 알아주잖아."

헤르메스 길드는 벤젠 평원에서 대륙 연합군을 완벽하게 격파했다.

명문 길드로 횡포를 일삼기로는 양쪽 모두 나쁜 놈들이었지만 그래도 어느 한쪽이 대륙을 장악하면 안 된다는 논리에 따라 반헤르메스 길드를 지지하는 분위기가 강했다.

지금은 왕국의 지배 길드들이 여러 부류로 갈라져 있지만, 만약 헤르메스 길드가 통일을 하게 되면 그 후에 강화될 핍박이란 너무도 뻔하였기 때문이다.

연합군의 승리만을 기원하던 일반 유저들에게 벤젠 평원의 결과는 절망적이었다.

연합군이 매번 패퇴를 하기는 했지만, 그래도 대륙에서 내로라하는 명문 길드들이 한곳으로 뭉쳤다. 아무래도 전력이 단단히 결집하면 이기리라는 걸 믿어 의심치 않았다.

벤젠 평원의 전투를 압도적인 승리로 장식하기 위해 어마어마한 군대를 모았고, 루비돔 산맥을 중심으로 바드레이가 속해 있는 하벤 제국의 중앙 군단을 앞뒤로 포위까지 하였다.

연합군에서는 그 시점을 전후로 하여 앞으로 벌어질 전투에 대한 홍보까지도 적극적으로 진행했다. 방송국들도 모두 주목하는 가운데 헤르메스 길드의 핵심, 바드레이를 비롯한 중앙군을 섬멸하는 것은 전쟁에서 결정적인 큰 흐름을 바꾸어 놓을 수 있는 일이기 때문이다.

그럼에도 불구하고 벤젠 평원의 연합군은 역으로 압도적인 힘에 의하여 몰살을 당했다.

헤르메스 길드에서 미리 예측하고 파 놓은 함정에, 의심하지도 않고 뛰어들고 만 것이다.

제국의 모든 기사단과 마법병단의 동원이라는 변수는 전투의 초반에 연합군에 큰 피해와 충격을 안겨 주었다.

더군다나 전쟁의 규모가 워낙에 크다 보니 지휘 계통이 복잡한 연합군은 병과별로 뭉쳐서 유기적인 대응을 하지 못했다.

길드끼리 뭉쳐서 각자 싸우려고 하다 보니 하벤 제국의 기사단이 휘젓고 다니면 진형이 엉망이 되어서 영영 회복이 되지 않았다.

연합군의 구성상 어쩔 수 없는 일이기도 했지만, 하벤 제국에서는 그 약점을 놓치지 않고 마법 공격과 기사단으로 큰 피해를 입혔다.

그 이후에 연합군은 싸울 의지를 잃어버렸다.
'이번 전투는 우리가 이기겠군.'
'헤르메스 길드의 독재는 막아야 하지만, 우리 길드의 손실도 너무 커서는 안 돼.'
'전투 승리 이후가 진짜라고 할 수 있지. 주력들까지 다 내세울 필요는 없을걸. 우리가 아니더라도 다른 놈들이 싸워 줄 테니.'
'명문 길드라고 해서 언제까지 계속 그 자리에 있으라는 법 있어? 5대 명문 길드도 각각 몰락한 마당이니 우리가 그 자리를 차지해야지.'

안일하게 승리를 생각하고 나왔던 길드들이 상황이 어렵게 되자 자신들만이라도 전력을 보존하고 살아남기 위해서 지휘에 따르지 않고 퇴각을 개시한 것이다.

"여기 있으면 죽어. 탈출하자!"
"우리 길드는 모두 동쪽으로 빠져나간다."

죽기 살기로 싸우더라도 한번 밀리기 시작한 전세를 뒤집기가 어려운데 몇몇 길드들이 도망을 치면서 연합군의 대군이 흔들렸다.

이후에 벌어진 결과는 보나 마나였다.

"마법 지원을 해 줘!"
"화살을 쏴서 적들을 막아라."
"안 돼. 놈들이 들고 있는 방패를 봐. 궁병들의 화살 따위

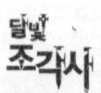

는 아무 의미도 없을 거야."

"맞서서 돌격해라!"

"틀렸다. 어서 도망쳐!"

연합군 병사들은 맞서 싸울 힘을 가지고도 이를 미처 써 보지도 못한 채로 참패!

지휘관들의 역량 문제도 있었지만, 연합군의 구성원들이 뭉치지도 못한 채로 전쟁에 나와 최악의 결과를 만들어 내고 만 것이다.

전투가 중반이 되고 나니 용감한 기사들은 모두 목숨을 잃고 NPC 병사들은 투항하기에 바빴다.

바드레이가 이끄는 하벤 제국은 다소 지치기도 하고 병력 소모도 소량 있었지만 대승을 거두며 자신감이 충만했다.

"전군 집결하라. 이제 산맥에 남아 있는 놈들을 친다."

"우와아아!"

하벤 제국의 군대는 약간의 휴식을 취하면서 부상병들을 치료했다. 그리고 루비돔 산맥으로 회군!

마법 함정과 레인저들에 의해 고생을 하던 클라우드 길드와 흑사자 길드, 연합군 소속 51개의 길드들을 역으로 습격하였다.

루비돔 산맥을 뚫고 오던 연합군 측에서는 당혹스러웠다.

마법사와 레인저 들이 이동하는 군대의 발목을 잡았을 때부터가 의외였지만, 벤젠 평원의 대군이 압도적인 패배를 당하다니.

"그래도 우린 아직 지지 않았다. 우리가 하벤 제국을 잡는다."

루비돔 산맥에서의 전투는 일방적일 수가 없었다. 지형의 위력이 압도적인 영향을 차지하기에, 산맥 위에서 기다리고 있던 연합군 쪽이 다소 유리하게 시작되었다.

"쏴라! 놈들이 접근하는 족족 저승으로 보내 줘라!"
"위치를 빼앗기지 말고 적들을 향해 공격을 집중시킵시다."
"마법사들은 더 높은 곳으로 올라가서 공격해요!"

공성전처럼, 아래쪽에서 올라오는 헤르메스 길드를 상대로 화살과 마법을 쏟아부었다.

하지만 곧 이것도 전황이 만만치 않게 변했다.

헤르메스 길드에서는 산악전을 대비하여 가볍고 화살 공격에 특화된 가죽 갑옷과 방패를 보급했다.

"계획대로 행동한다. 롬펠트의 군단이 하이사아 봉우리로, 드린펠트는 토첸 호수, 헬카이트 용병단은 갈대숲에 매복한다."

"옛!"
"이동합니다."

그리고 진군로를 수십 개의 갈래로 나누어서 화살 공격이 쉽지 않도록 숲이 우거진 쪽으로 올라오며, 전투보다는 루비돔 산맥의 주요 요소들부터 장악했다.

산봉우리들 몇 개와 중요 거점들만 장악해도 연합군이 훤히 시야에 들어온다.

갈대숲처럼 이동과 매복이 쉬운 지형들에는 어김없이 암살자와 용병단들이 배치되었다. 더구나 산맥에서 벌어지는 전투는 일반 병사들의 체력을 급속하게 떨어지게 했다.

연합군 소속의 병사들은 하벤 제국을 빠르게 추격해 오느라 루비돔 산맥에서 무리하여 이동하면서 체력이 많이 소진되었다. 그 상태에서 전투가 벌어지자 무거운 갑옷과 무기를 입고 뛰어다니느라 금방 지쳤고 피곤해했다.

조건은 어차피 하벤 제국의 군대도 같다고 생각했지만, 그들은 산맥 내부에 미리 닦아 놓은 길을 통하여 빠르고 쉽게 이동했다.

전투에 투입시키기 전에 일반 병사들에게는 휴식 시간을 주고 먼저 레인저와 기사단, 마법사, 용병단이 적들을 견제하는 역할을 맡았다.

루비돔 산맥은 점점 하벤 제국의 깃발로 가득 찼다.

"우와아아아아!"

"저 오합지졸들을 물리쳐라. 공격. 공격. 공격!"

"이 산 전체가 적들의 시체로 뒤덮이게 하라."

"하벤 제국은 무적이다. 황제 폐하를 위하여 진군!"

대군끼리 맞붙는 산악 전투!

연합군과 하벤 제국의 병사들은 경사진 곳에서 검과 방패로 무장한 채로 싸웠다.

 화살이 빗발치듯이 오가고, 마법 공격으로 불길도 일어났다.

 산에서 일어나는 바람은 불씨를 키우며 크게 번져 나갔다.

 도처에 대형 산불이 일어나면서 전투는 더욱 격렬한 양상을 띠어 갔다.

 루비돔 산맥에서의 전투는 평원에서보다 더 치열할 수밖에 없었는데, 유리한 지형을 모두 빼앗기고 고립되면 죽을 수밖에 없는 처지라서 양측 모두 악착같이 싸워야 했다.

 그리고 드디어 하벤 제국 측의 비장의 무기인, 그로비듄을 필두로 하는 네크로맨서들이 나타났다.

 "후후후, 이런 곳이야말로 네크로맨서들이 최고라는 점을 증명할 수 있는 최적의 무대지."

 네크로맨서들은 제국 기사단의 엄중한 호위를 받았다.

 "그러면 어디 해 볼까? 이 땅은 내 암흑의 율법이 지배한다. 영원한 불사의 힘이 장악하리라. 다크 룰!"

 불사의 군단 수장 바르칸 데모프.

 그의 3대 마법 중 하나!

 헤르메스 길드에서는 위드의 전투들을 일일이 분석하면서 바르칸에 대해서도 많은 연구를 했다.

 전투에서 활용할 수 있는 그의 언데드 소환 능력은 가히 최고라고 할 수 있다.

그리하여 모험과 연구, 조사 끝에 찾아낸, 옛날 바르칸의 마법 연구실과 기록들!

다 해진 책자를 통해서 미완성의 다크 룰 마법을 익힐 수 있었다.

물론 바르칸이 시전했던 완벽한 다크 룰 마법은 아니기 때문에 일어나는 언데드의 수준은 조금 낮았다. 그리고 마나 소모가 심하여 도중에 다른 마법을 쓰지 못한다는 한계도 있었다.

근본적으로 다크 룰 마법이 보다 높은 경지에 올라서 스스로 약점을 극복해 내야만 해결되는 문제들!

그럼에도 이런 수많은 병사들이 싸우는 장소에서 네크로맨서의 위력은 절대적이었다.

적군과 아군을 막론하고 죽은 시체들이 스켈레톤, 구울, 좀비가 되어서 일어났다.

"할퀴어라. 모조리 물어뜯어라!"

다크 룰 마법은 영역 내에 새로운 시체가 생기면 끊임없이 언데드를 일으키게 한다. 또한 소환한 언데드가 쓰러지더라도 다시 일어나게 했다.

비록 위력이 약한 좀비, 스켈레톤 등이라고 하여도 병사들을 곤혹스럽게 할 수는 있었고, 궁병들 사이에서 죽는 이들이 생기면 부근 전체가 바로 난장판이 된다.

스켈레톤 궁병으로 일어나서 바로 옆에 있는 동료들을 향해 뼈 화살을 쏜다. 그러면 죽은 궁병은 또 화살을 쏘고, 그들을 퇴치하더라도 다시 불사의 권능으로 일어나기 때문이다.
 루비돔 산맥에서는 마법과 화살에 의해서 죽는 이들이 워낙에 많았기에 다크 룰 마법에 의해서 일어나는 시체들은 순식간에 상당한 전력을 차지했다.
 "공포의 메아리!"
 네크로맨서들은 또 다른 마법도 사용했다.
 크히히히히힝!
 유령들이 날아다니며 외치는 저주 맺힌 음성은 적들의 사기를 바닥까지 낮추는 효과가 있었다.
 연합군에서는 네크로맨서들을 최우선 제거 목표로 정했지만, 높은 곳에서 전장을 내려다보며 마법을 펼치는 네크로맨서들을 호위하는 제국 기사단을 뚫고 들어오진 못했다.
 병력 배치, 마법병단의 활용, 기사단의 통솔, 모든 부분에서 하벤 제국이 압도했다.
 연합군은 하나의 군단으로 뭉쳐 있더라도 그 내부적으로 보면 각 길드별로 복잡한 판단을 내렸다.
 그에 비해서 하벤 제국은 통일된 전술을 구사할 수 있었기 때문에 평원에서도 그렇지만 마법 공격의 집중과 지형의 중요성이 높아지는 산악전에서는 훨씬 효과적이었다.
 연합군은 초기에는 그럭저럭 버티는 것 같았지만 공격도 수비도 제대로 되지 않았다.
 바드레이와 친위 부대, 제국 기사단은 연합군의 NPC 마

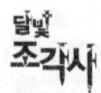

법병단이나 궁병들의 방어가 허술하면 틈을 놓치지 않고 나타나서 초토화를 시켰다.

어느새 연합군은 유리한 산봉우리들을 모두 잃어버리고 낮고 불리한 지형에서 공격만 당하는 신세가 되었다.

탈출을 하려고 해도 하벤 제국이 이미 능선들을 장악하고 있었으며, 죽은 이들은 끊임없이 언데드가 되어서 일어난다.

연합군에게는 지옥과도 같은 루비돔 산맥이었다.

순간적으로 벌어진 전투가 아니라, 헤르메스 길드의 수뇌부가 며칠 밤낮을 새우면서 병력 배치와 이동 경로, 공격 계획 등을 세세하게 준비해 놓은 결과였다.

연합군의 지도부는 최악의 무능을 보이면서 헤르메스 길드에 의해 끌려다니다가 대패!

전투에 참여한 이들 중에서 살아남은 사람이 드물 정도로 대패를 당하고 말았다.

CTS미디어, 온 방송국, LK게임을 비롯한 방송국 열 곳 이상이 생중계를 하며 이 소식을 전달했다.

"하벤 제국이 이어서 벌어진 두 번째 전투에서도 승리를 거뒀습니다."

"사실상 대륙의 지배권을 놓고 벌인 전쟁에서 하벤 제국의 압도적 승리입니다!"

"이렇게 말씀드릴 수가 있겠네요. 바드레이, 원하든 원하지 않든 그를 황제로 부를 사람이 앞으로 많아질 것이라고요."

KMC미디어의 '베르사 대륙 이야기'에서도 특집으로 전투를 중계했다.

"아아, 이런 식의 전투가 벌어질 줄은 몰랐어요. 정말 하벤 제국의 전투력은 굉장하다는 말밖에는 할 수가 없겠네요!"

"유사 이래 수많은 영웅과 왕국 들이 세계를 정복하려고 했습니다. 알렉산더 대왕, 칭기즈칸, 나폴레옹. 그들이 살던 시대에도 이런 충격을 안겨 주었을 거라고 말한다면 너무 지나친 표현일까요!"

"오주완 씨, 하벤 제국의 전력에 대해서 재평가해야 될 것 같아요."

"오늘의 전투를 세밀하게 분석을 해 봐야겠지만, 전체적인 전력과 전투 수행 능력에 대해서는 완성도에서 너무 뛰어나서 흠 잡을 곳이 없을 것 같습니다. 아니, 연합군이 단순한 전술만을 고집하며 못 싸웠다고 해야 할까요. 어쨌든 하벤 제국의 군대는 강합니다!"

방송국의 해설자들은 하벤 제국의 전투에 대해 극찬했다.

대규모 합동 전술을 실행에 옮기는 능력!

로열 로드에서는 1명의 기사가 수만 명 이상의 병사들을 통솔할 수도 있다는 점이 대단한 매력이었다. 그렇지만 여러 병과들의 장점을 이끌어 내며 지형까지 고려하면서 싸운다는 건 쉽지가 않은 일이다.

하벤 제국에서는 친목보다는 실력과 공적에 따라 직책을

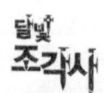

정했기에 진짜 전투다운 전투를 했다. 전투의 영상미로 보면 손꼽을 만한 수준이었다. 연합군의 무능과 대비되어 강함이 더욱 실감이 날 수밖에 없었다.

하지만 PD와 방송국 관계자들은 한편으로는 걱정이 더욱 앞섰다.

"헤르메스 길드가 다른 영주들에 비해서 너무 앞서 나가는 거 아니야?"

"오늘로써 베르사 대륙 정복이 거의 끝났다고 봐도 되는 거죠. 연합군이 이런 졸전을 펼쳐 버렸으니 다시 만회할 수 있겠어요? 중앙 대륙은 이제 그들의 손에 들어갔다고 해도 될 테니까요."

"아무래도 다음 전쟁 방송부터는 시청률이 문제가 되겠는데. 김이 다 빠진 모양새야."

"하벤 제국의 대륙 정복 이후의 이야기도 미리 편성 준비를 해야죠."

"시청률이 벌써부터 우려스럽군."

헤르메스 길드의 세력이 커질수록 안티들도 엄청나게 생겨났다. 도시를 파괴하고, 전쟁 비용을 충당하기 위해 유저들과 주민들에게 막대한 세금을 물리니 어쩔 수가 없다.

그들이 대륙을 정복하고 나면 지금처럼 활발하게 대규모 전투가 벌어지는 일도 드물어질 것이고, 시청자들의 흥미도 떨어지게 되리라.

이미 그런 조짐은 도처에서 보이고 있었다.

하벤 제국이 승승장구를 하면서부터 역으로 모험에 대한 관심이 들불처럼 번져 나갔다.

전쟁에서 승리한 하벤 제국만큼이나 위드의 이름이 자주 게시판에 나타났다.

-위드는 왜 안 나오나요?

-전쟁의 신 위드의 퀘스트 방송해 주세요! 재방송이라도 좋아요.

-남부에서 조각술 마스터 퀘스트 아직도 진행하고 있는 겁니까? 방송국에서는 뭐 알고 있는 거 있죠?

-저는 위드가 한 땀 한 땀 재봉하는 모습도 보고 싶어요.

시청자들의 열화와 같은 요청은 쭉 있어 왔지만, 방송사들도 난감했다.

어떻게든 위드와 접촉을 해 보려고 했지만, 모든 연락이 차단되었다. 집 전화는 물론이고, 휴대폰은 일시 사용 중지, 집으로 직접 방문해서 벨을 눌러도 아무 반응이 없었다. 전기선을 아예 뽑아 놨기 때문이다.

KMC미디어에서는 신혜민을 통하여 그나마 약간의 정보를 입수했다.

"알고 있는 거 있다면 뭐라도 말해 줘, 혜민 씨. 우리 사이에 한 말은 방송으로는 안 내보낼 테니까. 그리고 절대 비밀도 지킬게."

"부장님, 저도 자세히는 몰라요."

"그러지 말고. 남부에서 퀘스트를 하고 있는 것 같은데 왜 아무도 본 사람이 없어? 위드를 만나고 싶어서 남부로 간 유저들이 얼마나 많은데 왜 아무도 만나질 못하는 거야."

"정말 특별한 퀘스트거든요."

"설마 직업 마스터 퀘스트의 마지막 부분인가? 슬슬 퀘스트를 끝낼 때도 되기는 했다고 느끼기는 했는데."

"그 정도가 아니에요."

"그럼 불사의 군단과 다시 싸우나? 불사의 군단이 사막의 어딘가에서 부활이라도 해?"

강 부장으로서는 그 정도 소식만 되어도 대만족이었다.

위드가 불사의 군단과 싸우는 장면을 방송했을 때의 충격적인 시청률과 시청자들의 호평이란!

지금까지도 재방송의 시청률이 동시간대의 어중간한 프로그램보다는 높을 정도이니 말 다 한 셈이 아니던가.

명예의 전당에서 로열 로드 최고의 명전투 열 가지를 꼽으면 위드가 대부분 끼어 있었다.

1_ 오크 카리취와 불사의 군단
2_ 해골 병사 위드와 본 드래곤
3_ 멜버른 광산에서 위드와 바드레이의 격돌
4_ 지골라스 모험
5_ 전사 파이톤의 아베리안 숲 정착기

6_ 오데인 요새 공방전 26차
7_ 바르칸이 이끄는 불사의 군단
8_ 세라보그 성의 대탈출
9_ 리치 위드와 대해전
10_ 통곡의 강에서 위드와 엠비뉴 교단

 명예의 전당에 올라온 동영상 재생 숫자를 바탕으로 1위부터 10위까지 꼽은 기록이었는데, 아무래도 일찍 진행한 모험들이 동영상을 본 횟수가 높은 편이다.
 하지만 다른 유저들이 게시판에 올린 위드가 낚시를 하고 있는 장면을 촬영한 영상조차도 조회 수는 300만을 가볍게 넘어섰다.
 동영상 조회 분류에서 최악이라는 낚시조차도 이 정도 인기였으니 어떤 종류의 모험이라도 방송국에서는 환영이었다.
 "에이, 불사의 군단은 진작 망했고요. 뭐, 하실리스라는 언데드가 바다에서 무언가를 하고 있는 것 같긴 하지만 어쨌든 바르칸이 소멸된 이후로 위드 님은 관심이 없어요. 굳이 위드 님이 썼던 표현을 빌리자면, 언데드의 빈 호주머니 털어 봐야 먼지밖에 안 나온다고 했거든요."
 "그럼 뭔데? 얼마 전까지만 해도 사막을 평정한 대제라고 불리던데. 사막에 도시들은 느닷없이 왜 생기는 거고, 스케일이 왜 이렇게 커? 도대체 퀘스트를 뭘 어떻게 하고 있길래

이런 일들이 벌어지는 건데!"

"저도 잘 몰라요."

"사막의 부흥인가? 사막의 번영? 북부에 이어서 남부 사막 지역도 위드에 의해서 발전하는 거?"

"그 이상이라고 보시면 되지 않을까요?"

"아니지, 무슨 일인지는 중요하지 않지. 지금 다른 방송국이랑 계약된 거야? CTS에서 고급 승용차라도 한 대 뽑아 주기로 하고?"

"벌써 계약한 건 아닐 거예요. 아파트나 땅이라도 사 준다면 모를까."

"우리도 이제 그 정도는 충분히 해 줄 수 있어."

로열 로드의 인기가 전 세계로 퍼지면서 KMC미디어도 날이 갈수록 기록적인 수익을 거두고 있었다.

위드가 출연만 한다면 광고주들이 직접 방송국으로 찾아와 광고 금액을 올려 댔다.

어린이들이 가장 갖고 싶어 하는 장난감으로도 빙룡과 와이번들이 꼽혔다.

위드의 모험 하나면 방송국이 얻는 이득은 엄청났고, 연관된 완구 사업도 대활황이었다.

유명인들이 그러는 것처럼 위드도 상당한 알부자가 되어 있을 것이다. 그렇지만 매번 볼 때마다 돈이 많아진 티가 전혀 안 난다는 점이 신기한 부분이었다.

"제 생각에 아파트는 싫어할 거예요. 매달 관리비가 나가잖아요."
"역시 원하는 건 땅이겠지?"
"그럼요."
"상업 용지로, 아니면 주택 용지로?"
"그건 가리지 않을 거예요."
"하긴, 정말 땅 좋아하게 생기긴 했어. 빨리 적당한 땅부터 알아봐야겠군."

 북부를 지배하는 아르펜 왕국의 왕궁은 7개의 산을 끼고 있었다.
 우뚝 솟은 높은 산의 정상과 정상을 잇는 건설에 참여하는 유저들의 노고는 이루 말할 수가 없었다.
 "끙차! 오늘은 이걸 꼭 운반하고 말 거야. 바위는 무거워서 못 옮기더라도 할 수 있는 건 해야지. 통나무 정도면 가능하겠지."
 "아이고, 허리야! 다리야!"
 유저들은 머리와 등에 짐을 짊어지고 산꼭대기까지 자재들을 옮겼다.
 높이와 경사가 바르고 성채만큼 아득할 정도로 험하지는

않더라도, 그래도 상당히 높고 웅장한 산들이다.

마치 일개미 떼가 산을 뒤덮고 있는 것 같은 풍경이었다.

"진짜 우리는 대단한 것 같아. 하자고 하면 바로 해 버리잖아."

"응. 근데 왜 노가다는 해도 해도 줄어들지를 않냐."

"원래 그런 거래."

"난 로자임 왕국 피라미드 건설에서부터 북부의 위대한 건축물들까지 전부 참여했잖아. 공부를 이렇게 했으면 내가 서울대를 갔을 텐데."

"던전에서 사냥했던 건 기억에 안 남는데 노가다했던 건 왜 이렇게 선명하게 떠오르지?"

"나도 노가다하면서 친해진 사람들이 더 많아."

북부의 유저들은 무슨 일만 생기면 많이 모여들었기 때문에 산꼭대기까지의 자재 조달쯤은 금방 이루어졌다.

건축가들의 건설이 진행되면서 산꼭대기에 왕궁의 형태가 조금씩 나타났다.

왕궁의 건축 디자인은 가파른 7개의 산의 정상에 걸쳐진 왕관의 형태였다.

건축가들은 이 아이디어를 실행에 옮기기 전에 상당히 고민을 했다.

"건축 비용이 많이 들 것 같은데요."

"건물의 내부 면적을 넓히기가 힘듭니다. 기반 공사의 어려움도 있고요."

"왕궁은 먼 곳에서도 잘 보일 겁니다. 건물들 하나하나, 조화와 어우러짐이 완벽해야 돼요. 건물들의 형태도 그렇지만 궁전의 거리와 높이 등, 평평한 땅에 공사하는 게 아닌 이상 고려해야 할 부분이 한두 가지가 아닙니다."

"그래도 일단 해 봅시다. 어렵다고 해서 포기할 수는 없지 않습니까?"

"높은 산등성이 위에 왕관의 형태로 지어진 왕궁이라면 본 사람들에게 결코 잊을 수 없는 기억이 되겠죠."

"도전 정신! 우리 북부가 이렇게 살아 숨 쉬는 이유입니다. 도전 정신을 바탕으로 건축의 어려움들도 극복해 봅시다. 완공만 되면 아르펜 왕국의 자부심이고 자랑거리가 될 테니까요."

"합시다. 해 봅시다. 건축가들에게 불가능이 없다는 걸 알려 줍시다!"

건축가들 중에서 실력이 가장 뛰어난 이들이 왕궁의 기틀을 닦았다.

북부 전체를 봤을 때 최적의 위치지만 평야 지대가 협소하다는 문제점을, 산 위에 왕관 형태로 꾸미면서 극복해 버리기로 했다.

최적의 디자인이란 꼭 필요한 곳에 있어야 한다.

지금은 산 위의 왕관처럼 왕궁이 생겨나겠지만, 주변에

도시들도 발달하면 자연스럽게 형성되는 왕궁의 위엄이란 대단할 것이다.

왕궁에 올라가려면 산 아래에서부터 뚫어 놓은 넓은 길을 이용해야 한다.

말과 마차 들이 한꺼번에 충분히 다닐 수 있도록 잘 닦아 놓은 길로, 산을 두 바퀴나 돌아야 왕궁에 도착하게 된다.

하지만 산을 돌면서 북부의 멋진 풍경들을 볼 수 있었기에 결코 시간 낭비라고만 볼 수는 없었다.

그리고 산길의 돌담에는 돌 하나하나마다 유저들이 남긴 글귀들이 쓰여 있었다.

위드 님의 모험이 매일 기대돼요. ―모라타 족발협회

북부에서 시작해서 행복합니다. ―검사 웡

흙꾼이가 제일 좋아요. ―정령술사 린

모험을 하면서 먹어야 할 음식은 오직 풀죽뿐이다. ―보석 사탕

북부 유저들이 느끼는 행복이 듬뿍 담긴 돌담이었다.

아르펜 왕국은 유저 개개인에게 즐거움, 꿈, 희망을 주고,

또한 소속된 사람들의 노력에 의해서 함께 발전해 나가고 있었다.

 조각품과 그림 들도 지루하지 않게 일정한 간격을 두고 진열되었다.

 예술 계열의 직업을 가진 이들뿐만 아니라, 누구나 참여해서 만들어 놓은 것이다.

 이 길을 걷는 사람들은 누구나 아르펜 왕국에 대해 호의적으로 생각할 수밖에 없으리라.

 왕궁 근처에 동시에 세워지고 있는 최고의 상업 시설들과 길드, 학문, 모험 시설 들은 북부를 강력하게 발전시킬 원동력이 될 것이다.

 벌써부터 유저들은 아르펜 왕국의 왕궁에 애칭을 붙였다.
 대지의 궁전.

 대지를 다스리는 왕이 있는 궁전이란 의미로, 산꼭대기에 왕관처럼 지어진 디자인 때문이었다. 하지만 국왕 위드가 있기 때문에 더욱 어울린다고 생각했다.

 "국왕이 우리를 편하게 해 주니까 얼마나 좋아."
 "그러게. 가끔은 위드 님이 국왕이라는 것도 잊어버린다니까."
 "전설적인 모험가 그리고 조각사! 사실 맨날 여행만 다녀서 있는지 없는지도 모르는 게 더 좋은 거 같기도 해."

 그리고 드디어 왕궁의 공식적인 완공까지 얼마 남지 않았

을 무렵, 마지막 공사를 위해 유저들이 대거 몰려들었다.

왕궁의 마지막 마무리 순간을 보기 위하여 일부러 온 유저들도 많았다.

"오오, 강철의 기사단이여, 드디어 도착했구나. 이곳이 우리의 영원한 주인이신 위드 님께서 다스리는 왕국이다."

마치 마법처럼, 왕궁으로 향하는 길목에 일단의 기사단이 나타났다.

"뭐야, 집단 텔레포트야?"

"아냐. 텔레포트의 번쩍거리는 효과 없이 그냥 안개처럼 땅에서 솟아났어."

"그럼 유령인가?"

"무슨 유령이 낮에 저렇게 선명해. 근데 장비들 좀 봐. 아르펜 왕실 기사들 뒤통수 칠 정도로, 장난 아니다."

"아르펜 왕실 기사? 저런 갑옷은 레벨은 둘째 치고, 없어서 못 입을 것 같은데."

유저들이 놀라서 쳐다보며 웅성이는 가운데, 선두에 선 기사가 말에서 내려 감격에 벅찬 듯이 무릎을 꿇었다.

"우리에게 주신 생명의 은혜를 갚기 위하여 긴 세월이 지나 이제 도착했습니다."

뒤를 따라서 기사단 전원이 말에서 내려 무릎을 꿇었다.

그들은 철오의 후손!

위드에게 영원한 충성을 바친 철오는 스트라우드 왕국에

정착한 이후로 긴 세월을 보내며 창술을 마스터하고 마나의 본질을 깨닫게 되었다.

그리하여 가문을 이루고 자식들을 낳으며 오랫동안 살아가다가 편안한 죽음을 맞이했다.

그 이후로 대대로 이어져 내려온 철오의 후손들 역시 위드를 향한 영원한 충성의 약속을 이어 왔다.

위드와 철오가 함께했던 건 고작 하루에 불과한 시간이었지만, 세뇌는 철저했다.

— 넌 영원한 나의 부하다. 자식은 부모의 사랑을 모르고 사는 경우가 많지. 그러나 그 사랑은 드래곤보다 강하고, 갈치가 헤엄치는 바다보다 깊단다.

— 너한테 생명을 준 나는, 정말 평생 동안 모시고 살더라도 그 은혜를 천만분의 일도 갚지 못할 거다.

— 비싼 거, 좋은 거, 맛있는 거 있으면 전부 나한테 먼저 바쳐야 된다. 그게 바로 기사다움이고 행복이란다.

철오가 자식들에게 전해 준 이 이야기들은 대를 거듭할수록 살과 뼈가 덧붙여지고 견고해져, 마침내 뼛속까지 세뇌된 후손들이 아르펜 왕국에 나타나게 된 것이다.

메타페이아 정복

위드와 사막의 붉은 칼 부대는 던전 안으로 들어갔다.

던전 메타페이아의 지하에 들어오셨습니다.
고급 모험 감각 스킬 6레벨이 지금까지 모은 정보를 바탕으로 던전을 분석합니다.
이곳은 사막의 열기를 받아들여서 1,000년 넘게 비정상적으로 성장한 말살의 불도마뱀들의 서식지입니다.
극도로 위험한 지역으로, 자연이 빚어낸 보물들이 숨겨져 있고 불과 관련된 마법 아티팩트를 만들 수 있는 재료들이 널려 있을 테지만, 그것을 무사히 구할 수 있을지는 들어온 사람의 재주에 달려 있습니다.
지면은 단단한 암반으로 구성되어 있지만 균열이 가 있는 부분을 밟으면 부서져서 지하 용암 구덩이로 떨어지게 될 수 있으니 주의해야

합니다.
아마 곧바로 뒤돌아서서 도망치더라도 누구도 그 용기 없음을 비난하진 못할 것입니다.

"확실히 공기부터 다르군. 얼마 전에 들어왔던 기억이 나."

후덥지근하다 못해서 뜨거운 불길을 마시는 듯한 기분.

언제부터인가 그들이 모험을 하는 장소는 베르사 대륙에서 가장 난이도가 높은 몬스터들이 사는 곳이 되었다.

노들레의 퀘스트를 하면서 일찍이 누구도 상대하지 못하던 몬스터들을 잡고, 던전들을 정복하고 있었다.

위드는 그런 점도 정말 마음에 들었다.

조각사일 때에는 기본적으로 예술 작품들을 창조해 내는 재미가 있었지만, 전사로서 강해지고 나니 범접하지 못할 몬스터들을 굴복시키는 전투의 즐거움이 있었다.

이길 수 있을지 없을지 모를 적이 가득 차 있는 던전으로 들어올 때의 가슴 뛰는 설렘이란 겪어 본 자만이 알 수 있다.

로열 로드에서 초보 시절에 처음 성문을 넘어서 바깥세상으로 향하는 그 순간의 짜릿한 흥분, 어두운 밤에 하늘에는 별들이 반짝이기까지 한다면 그보다 더 들뜨고 행복한 기분이란 없었다.

"헐헐. 할멈, 우리가 젊을 때에도 이런 게 있었으면 좋았

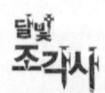

을 텐데 말이야."

"심심하면 찾아오는 어린 상인 놈들이 자식보다 낫지 않수?"

"그렇고말고. 우리 오래오래 삽시다."

노인들 사이에서는 로열 로드 때문에라도 더 오래 살아야겠다는 말이 나올 지경.

위드의 입가에, 횟집의 생선을 볼 때처럼 미소가 맺혔다.

"자고로 전투의 손맛만큼 좋은 게 없지. 넘실거리는 화염 각인, 고대의 함성!"

위드의 몸에서 무시무시한 화염이 흘러내렸다.

넘실거리는 화염 각인은 사막 전사 최고 레벨의 스킬!

평소에 접하게 되는 불의 기운을 봉인해 두었다가 전투 시에는 몇 배나 압축해서 방출한다. 가까이 접근하는 몬스터들은 그 자체로 화염의 피해를 입었고, 공격을 당하면 즉각 불의 기운이 옮겨붙었다.

화염 마법에서 파이어 익스플로전을 능가하는 위력으로 꺼지지 않고 계속 폭발하며 피해를 주기 때문에 이것만으로도 어중간한 몬스터들은 대량 살상이 가능했다.

위드에게 감히 일반 병사나 기사 들이 덤벼든다면 그대로 떼죽음!

게다가 위드의 몸에 있는 넘실거리는 화염 각인은 마스터의 경지에 이르러서, 생명력과 마나를 지속적으로 공급하고 그 자체로 방어력도 가져서 부하들보다도 더욱 대단했다.

고대의 함성은 방랑하던 NPC 워리어에게 전수받은 스킬!

힘과 민첩성, 맷집 같은 육체적인 능력만을 160% 끌어올리고, 주변의 동료들에게도 70%에 해당하는 효과를 준다.

물론 사막에 왔던 워리어는 비전의 스킬을 알려 주고 싶지 않았다. 전쟁의 시대에서도 나름 명성이 높고 자존심도 강한 대단한 워리어였던 것이다.

한때 북부 원정을 이끌었던 오베론 정도의 수준이었다.

"죽을래, 아니면 가르쳐 줄래? 결정할 때까지 딱 2초 준다."

그러나 위드의 강렬한 카리스마 앞에는 워리어도 살기 위해서 그냥 기술을 알려 줘야 했다. 나무와 산, 보이는 것들은 모조리 다 녹여 버렸으니 용감무쌍한 워리어라도 공포에 질리지 않을 수가 없었다.

노들레의 퀘스트를 하다 보면 시간이 100배로 흐르기 때문에 어지간히 못된 짓으로 악화된 평판도 사냥을 하다 보면 다시 금방 좋게 돌릴 수 있었다.

사막에서는 감히 위드의 위엄을 거스를 수 있는 존재도 없기 때문에 적당히 나쁜 짓들도 저지르면서 성장해 왔던 것.

"사막의 용맹!"

"강철의 심장!"

전일이와 같은 조각 생명체 부하들도 축복 기능이 있는 오라를 발산했다.

전일, 전이, 전삼과 같은 엘리트 조각 생명체 부하들도 충

분한 관록을 가진 최강의 전사들로 성장을 해서, 기사들은 상대로도 여기지 않는다.

험상궂은 얼굴과 흉터들은, 감히 보통의 몬스터들이 먼저 뛰어들지도 못하게 했다.

덩치도 2미터를 넘으며, 여자들의 몸통만 한 팔뚝을 가진 그들!

오우거보다도 대단한 위압감을 물씬물씬 풍기지만 위드에게만큼은 그저 눈치 보는 순한 양이었다.

어디 가도 왕의 직속 수호 전사 정도는 따 놓은 자리였지만 위드와 함께 계속 전투를 치러야 한다는 현실은, 더 강해질 수 있다는 점에서는 행운이지만 동시에 다시없을 불행이었다.

던전에 들어온 사막 전사들은 무기를 든 채로 질서 있게 정렬했다.

삼엄한 군기!

성격이 개차반에 가까운 위드의 잔소리에 혹사를 당하다 보니 규율은 확실히 섰다.

"알고 있겠지만 뒤처지는 놈은 그냥 버리고 간다."

"예!"

"알아들었다면 전진한다."

알베른과 알베런은 모두에게 집단 축복을 부여해 주었다.

"신성 수호, 원형 방패, 불 저항 강화."

"파이어 아머, 솟구치는 힘, 깊은 분노, 고통 망각."

프레야 교단의 교황 후보 알베론의 짝퉁으로 시작된 그들이었지만, 현재로써는 죽기 직전의 사람까지도 가볍게 치유하는 신성력을 보유했다.

허름한 사제복을 입은 그들은 축복과 치료로 위드와 부하들의 전력을 몇 배나 상승시켜 주는 중요한 조력자들이었다.

"1대부터 3대까지 활 무장. 4대부터 5대까지는 방패를 들어라. 나머지는 창과 검을 들고 전진. 첫 공격 후에 무기는 필요에 따라 마음대로 바꾸어라."

"옛."

위드는 던전 사냥을 하면서 속도를 낼 때에는 부하들에게 말을 많이 하지 않았다. 말하는 시간마저 아끼면서 전진한다.

하지만 이런 위험한 던전에서는 부하들을 지휘하는 것이 매우 중요했다. 부하들을 잘 써먹어야 자신이 안전할 수가 있지 않겠는가.

위드는 궁술도 고급 8레벨. 마스터를 얼마 남겨 두지 않았다. 활을 전문적으로 다루는 부하들 역시 경지는 약간씩 낮았지만 거의 그에 버금가서, 원거리 전투도 가능했다.

"전방 주시. 그리고 주변을 계속 확인하며 빠르게 이동한다."

"옛!"

부대 전체가 어떤 적의 등장에도 대응할 대비를 한 채로

신속하게 움직였다.

던전이 주는 묵직한 분위기 때문에라도 긴장감이 진득하게 흘렀다. 시간이 금이라는 말이 정말 그대로 들어맞는 퀘스트이기 때문에, 위험하더라도 낭비할 시간은 없다.

부하 중에는 함정을 간파하고 해체하는 일을 전문적으로 해내는 도둑도 있었다.

"저를 거두어 주셔서 감사합니다. 정말 검을 쓰는 것이 좋습니다, 대제님."

"자물쇠를 열 줄 안다고? 넌 도둑질이나 해. 앞으로 함정 해체를 담당하면 좋겠군."

"예? 저는 전사로서의 삶을 앞으로도 계속……."

"죽을래? 너 혼자만이 아니라 가족들의 목숨까지 생각해라."

"……."

이곳의 시간으로 17년 전에 떠돌이 마법사도 5명이 영입되었는데, 그들의 고용 비용은 비교적 저렴했다.

"저희의 몸값은 비쌉니다. 1년마다 가방에 황금을 가득 담아서 주셔야 합니다. 이 금액은 저희의 자존심이라서 타협할 수 없습니다."

"웃기고 있군. 고작 그 실력으로 돈이나 밝히려고 하고 있다니. 마법에 대한 순수한 열정을 잃어버린 것인가."

월급을 주기 싫어서 질타!

"순수한 열정과 정당한 보수는 다릅니다."

"사냥하며 얻은 마법 물품들을 넘겨주지. 새로운 마법을 익히기 위해 실컷 연구를 할 시간도 주겠다. 그리고 나중에 마나의 궁극에 이르면 다시 너희의 고용 비용에 대해서 이야기하지. 이 정도가 내가 제시할 수 있는 최대한이다."

떠돌이 마법사들은 고민을 하다가 제안을 덥석 받아들였다. 당시에도 이미 위드의 명성이 자자하게 올리고 있을 때라서 흥정이 성공을 거둔 것이다.

하지만 현재까지도 함께 다니는 마법사들의 실력은 아쉽게도 고급 3레벨 정도에 머물렀다.

마법은 위력이 대단한 만큼 스킬 숙련도가 쉽게 늘지 않고, 또 높은 경지에 오르기 위해서는 다양한 종류의 마법을 익혀야 한다. 사막의 도시들이 발전하였다고 해도 배울 수 있는 마법은 제한적이라서 어쩔 수 없었다.

마법사들이 지식의 한계를 넓히기 위해 방랑을 떠나겠다고 했지만, 위드는 그것만큼은 반대했다.

"동료들을 믿어라. 그리고 내가 너희를 이끌어 주겠다."

"마나의 길은 자유로운 방랑을 통해 새로운 깨달음을 얻으면서 향상되는 것입니다."

"도망가려고?"

"……."

"다시는 사막으로 안 돌아올 거지? 어디 산 좋고 물 좋은

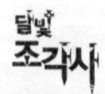

동네에서 마법 연구나 하고, 예쁜 여제자 들여서 알콩달콩 살려고 그러잖아."

"……."

"마나의 품으로 돌려보내기 전에 그냥 하던 일이나 열심히 해."

고용인들의 마음을 꿰뚫어 보는 악덕 사장의 포스.

노들레의 퀘스트를 완료할 때까지 부려 먹어야 하니 마법사들의 가능성이나 잠재력 따위는 무시해야 마땅한 일!

"크휫!"

"인간들이다. 인간들이 이곳까지 오다니……."

"호로로로롭. 지난번에 도망쳤던 놈도 있다. 호로롭."

말살의 불도마뱀 7마리가 나타났다.

그들은 위드와 사막의 붉은 칼 부대를 보면서 입맛을 다셨다.

두 갈래로 갈라진 길쭉한 혀를 날름거리는 커다란 주둥이와 10여 미터에 이르는 매끈한 덩치.

용암 덩어리처럼 달아올라 있는 몸은 근처의 땅을 녹이고 있었다.

말이 불도마뱀이지 형태는 비만 드래곤과도 상당히 닮아 있었다.

화염 계열의 최상위 몬스터로, 레드 드래곤이 아닌 이상 말살의 불도마뱀처럼 위험한 놈들이 없다.

과거에 지골라스에서 불의 거인과 싸운 적이 있지만, 놈들은 힘은 대단한 반면에 둔하고 시야의 사각지대가 많다. 물론 레벨도 말살의 불도마뱀보다 낮아서, 불의 기운을 잔뜩 응축하고 있는 이놈들과는 비교도 안 되었다.

 넘실거리는 화염 각인 같은 것은 자신보다 더 강한 화염 계열 몬스터를 대상으로 피해를 주지 못한다. 공격용이라기보다는 불도마뱀에게 버티기 위한 화염 저항력을 올려놓기 위한 용도가 훨씬 컸다.

 "츄. 츄. 츄. 츄릅."
 "호록호로록!"

 불도마뱀들은 정면의 통로를 막고 덤벼들기 위한 자세를 취했다.

 이들은 사냥의 습성을 가지고는 있지만 천적이 거의 없어서 적에 대한 경계심은 약한 편이다. 위험한 몬스터들답게 여유와 당당함을 가지고 오만하게 인간들을 살폈다.

 위드는 재빨리 활을 들었다.

 띠링!

 −전설의 프로스트 보우 요르푸시카를 무장하셨습니다.

 일반 나무로 된 활이 아니라, 사방으로 으스스한 냉기를 뿜어내는 얼음 활.

 무조건 관통, 속사 스킬의 효과 35% 증가, 얼음 속성 데

미지 65~194, 결빙, 무제한의 마법 화살 제공, 다중 화살 스킬 사용 시 효과 40% 증가, 추적 화살 스킬 사용 시 100% 명중, 민첩 +160, 확실한 명중.

기본 옵션만 하더라도 이 정도로 경악스러운 활이었다.

메타페이아의 요괴들이 쓰던 걸 뺏은 것으로, 그들은 가끔 말살의 불도마뱀이 땅 위로 나올 때마다 격퇴하기 위해서 싸웠다고 한다.

요괴들을 처치하여 사막 전사들은 불도마뱀들과 싸우는 데 도움이 되는 장비를 다수 얻을 수 있었다.

이른바 현지 조달의 법칙을 따른 것이다.

위드가 활시위를 당기자 얼음 화살이 생성되어서 겨누어졌다.

"분산 사격!"

굵은 얼음 화살이 중간에 갈라지더니 10개의 화살로 변해서 불도마뱀을 향하여 전광석화처럼 날아갔다.

특수한 궁술은 마법처럼 불도마뱀들에게 작렬!

"크웨에엑!"

"춥다. 처음 느껴 보는 기분이다!"

"케헷, 차가워! 이게 말로만 듣던 몸이 얼어붙는다는 건가."

화살을 맞은 불도마뱀들이 몸부림을 치며 괴로워했다.

용암 덩어리에 꽂힌 화살은 그 부근의 화염까지도 잠깐이나마 감소시켰다.

땅에 꽂힌다면 그 부근 전체를 얼려 버리는 위력이 있고 약한 생명체는 아예 동결시켜 버리며, 반대 속성인 화염 계열의 몬스터들은 생명력에 피해를 입을 뿐만 아니라 속성 공격력도 따라서 낮아진다.

지금은 화염을 잠깐 약화시킨 정도에 그치긴 했지만, 놈들의 든든한 방어력을 고려하면 상당한 공격력이었다.

"효과가 있군. 공격해!"

사막 전사들이 불도마뱀들을 향해 활시위를 당겼다.

일제 화살 공격!

사막 전사들은 거의 바바리안에 근접할 정도로 체격이 컸고, 힘이 약하면 쓸 수 없는 두꺼운 각궁을 사용했다.

말살의 불도마뱀들에게 수백 발의 화살이 날아가 꽂혔다.

"캬흐훗!"

"버릇없는 인간들. 잿더미로 만들어 주겠다."

"태워서 야금야금 먹어 주지!"

화살 공격을 당한 불도마뱀들이 6개의 다리를 번갈아 움직이며 쇄도했다.

위드는 그사이에 연거푸 화살을 세 번 더 쏘며 뒤로 물러났다. 그리고 검을 들었다.

-세 아이가 울부짖는 검, 발몽드가를 무장하셨습니다.

남부 공국 최고의 명장이 가장 뛰어난 검을 만들기 위한

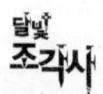

욕심에 불탄 나머지 검에 원한을 심기 위하여 자신의 세 아이를 불구덩이에 던져 탄생시킨 검!

지독한 저주가 실려서, 검을 쓰는 사람의 체력과 생명력의 최대치를 낮추고 지속적인 피해를 주지만, 공격력을 최소 5배 이상 올려 주고 절삭의 능력도 가졌다.

서윤이 운송 정보를 입수해 주었고, 위드는 사막 전사들을 이끌고 검을 호송하는 대상인들을 습격하여 얻었다.

어차피 노들레의 역할을 하고 있기 때문에 명예 감소는 상관할 필요도 없는 일.

"달빛 조각 검술!"

위드가 검을 휘두르니 검의 기운이 크게 증폭되어 불도마뱀들에게 뻗어 나갔다.

사막 전사 직업의 여러 종류의 공격 스킬이 있었지만 놈들의 엄청난 방어력과 맷집 그리고 위험성을 고려하면 연속 공격은 매우 어렵다. 장거리 공격이 가능한 달빛 조각 검술이 오히려 효과적이었다.

옆에서 부하들도 긴 시미터와 창을 휘두르며 공격했다.

"몸을 직접 때려서는 효과가 거의 없다. 눈을 공격해!"

"검날이 몸에 오래 닿지 않도록 조심하도록. 금방 흐물흐물해진다."

사막 전사들의 무기도 상당히 뛰어난 것이지만 불도마뱀의 저항력이나 화염의 특성은 엄청나게 강력했다.

몸에 꽂히기라도 하면 철제 무기들은 금세 녹아 버렸다.
 게다가 근처에서 일어나는 불길로 인하여 가까이 가기만 해도 몸에서 땀이 줄줄 흘러내렸다.
 "가소롭구나, 인간들! 몸이 녹아내리는 경험을 하게 해 주겠다."
 불도마뱀들은 입에서 용암을 내뿜으면서 돌진했다.
 6개의 발을 움직이면서 전사들을 걷어차거나 밟아 대자, 버티지 못하여 방어선이 바로 무너졌다.
 "크억!"
 "입에서 토하는 용암을 조심해라."
 "피해! 정면에서 물러서지 말고 옆으로 돌다가 뒤로 빠져!"
 "크아아아악!"
 용암에 뒤덮인 전사들의 몸이 녹아내렸다.
 산전수전 다 겪은 전사들이었지만 실로 허무한 죽음.
 발길질에 얻어맞은 전사들은 실이 끊어진 연처럼 날아올랐다.
 "서클 오브 아이스!"
 "빙결!"
 3명의 마법사들은 주문을 발동!
 불도마뱀의 머리 위로 얼음의 고리가 나타나서 타격을 입혔다.
 위드는 기회라고 여기고 명령을 내렸다.

"전사들은 과감하게 접근. 오래 끌수록 피해도 커진다. 놈들이 움직일 공간을 막아야 해!"

"예, 대제님!"

불도마뱀들이 무시무시하게 발버둥을 쳤지만 전사들은 주변을 몇 겹으로 둘러싸고 자리를 잡았다.

화살 공격에, 두꺼운 몸에 창들이 꽂히고, 검에 의해 베였다.

아무리 최상의 몬스터라고 하더라도 위드와 사막 전사들의 연속 공격에는 피해를 입었다.

지난번에 던전 안으로 들어왔을 때와는 다른 모습이었다.

"생명력이 절반도 남지 않았다. 모두 힘을 내라!"

"화염의 장막!"

위기를 느낀 것인지, 불도마뱀이 종족 마법을 사용했다. 그러자 사방에서 화염이 솟구쳐서 주변을 가렸다.

"쳐라!"

"놈은 겁을 먹었다. 없애 버려!"

전사들은 용감무쌍하게 장막 안으로 들어가서 불도마뱀을 공격하고 밖으로 나왔다.

불도마뱀을 몇 초만 가만히 놔두더라도 입에서 위험하기 짝이 없는 브레스를 뿜어낼 수 있었다.

"절명의 꼬리!"

불도마뱀은 장막 안에서 다리를 움직이고 꼬리를 좌우로 휘저어서 전사들을 공격!

기본적으로 불에 상당한 내성이 있는 데다 화염 저항력을 올려 주는 방패와 벨트 등까지 착용한 사막 전사들이었다.

노들레의 퀘스트를 진행하면서 꼭 메타페이아를 정복하기 위해 많은 준비를 해서 들어왔다. 하지만 꼬리에 찔리면 속절없이 신체가 마비되고 말았다.

그 후에는 잔인한 불도마뱀에게 연속으로 들이받히면서 공격을 당했다.

"생명의 순환!"

"상처 회복!"

바로 죽지만 않는다면 알베른과 알베런이 치료를 해 줄 수 있었다. 그러나 전부를 살리진 못했다.

그나마 전사들의 레벨이 높았기에 잠깐 동안 치료 마법으로 버티기라도 하는 것이지, 예전에 왔을 때는 얻어맞는 순간 떼죽음을 당했다. 위드도 부하들에게 퇴각 신호를 내리고 바로 탈출했었다.

"인간, 인간의 손에 의해 죽게 되다니……."

결국 전사들의 거친 공격에 당한 불도마뱀 1마리가 땅에 쓰러져 움직임을 멈췄다.

―말살의 불도마뱀이 사망했습니다.
현재까지 살아온 시간은 1,141년.
대륙 역사상 최초로 인간에 의해 사냥된 변종 불도마뱀입니다.

> -전투에 참여한 이들의 힘이 1씩 오릅니다.
> 불 저항력이 30일간 0.6% 증가합니다.

 고작 1마리였지만, 위드는 사기를 높이기 위하여 고함을 질렀다.
 "우하아아아! 사냥에 성공했다."
 과거에 익혔던 스킬 사자후를 대신한 고대의 함성!
 "대제님만 따르면 돼!"
 "우리는 할 수 있다!"
 몸이 붉게 달아오른 사막 전사들이 불도마뱀을 향해 창칼을 휘둘렀다.
 불도마뱀이 꼬리와 발을 휘저을 때마다 속절없이 나가떨어졌지만, 포기하려고 하지 않는다. 오뚝이처럼 곧바로 다시 일어나서 전투에 참여했다.
 레벨이나 스탯이 높다고 이런 불굴의 부대가 만들어지지는 않는다.
 위드와 숱한 전투 경험을 쌓으면서 단련이 되어 있었기 때문에 그 어떤 존재와 싸워도 용맹을 자랑할 수 있는 최강의 부대가 된 것이다.
 불구덩이를 향해 뛰어들라고 하면 기꺼이 달려 들어갈 수 있는 부하들!
 사막 전사 중에서 전일, 전이, 전삼과 같은 조각 생명체 부하들은 더 눈부신 활약을 펼쳤다.

"힘을 모으자."

"전이, 네가 시선을 끌어라. 난 놈의 뒤로 돌아가겠다."

"뒤가 가장 위험합니다, 형님! 저도 함께하겠습니다."

"넷째야, 조심해서 해보자!"

그들은 사막에서 낙타를 타고 돌격할 때가 일품이었지만, 지금은 3~4명씩 창으로 불도마뱀이 제멋대로 활약하지 못하도록 유인과 견제를 했다.

창으로 마구 찔러 댈 때는 팔이 보이지 않을 정도로 현란했다.

―변종 불도마뱀 7마리가 모두 사냥되었습니다.
특별한 혜택으로 전투에 참여한 모든 이들의 인내가 3 오릅니다.
불도마뱀과의 전투 경험을 통해 화염 저항력이 45일간 0.6% 오릅니다.

―더 깊은 곳으로 들어갈수록 오랫동안 불의 정기를 먹으며 자라 온 불도마뱀들이 나타날 것입니다.

―레벨이 올랐습니다.

"이겼다!"

불도마뱀과 정면에서 직접 싸우느라 위드의 생명력은 23% 정도밖에 남지 않았다. 불도마뱀들도 인간 중에 대장을 알아보고 위드를 가장 많이 공격했던 것이다.

그나마 알베른과 알베런에게 다른 전사들보다는 매번 자기 위주로 치료를 명령했기 때문에 중요한 순간마다 적절하게 생명력을 보충하여 버틸 수 있었다.

 멀리서 보면 토해 내는 용암에 맞서면서 검을 휘두르는 영웅적인 장면들의 연속이었고, 당사자로서는 죽을 맛이었다.

 그럼에도 전투에서 승리했기에 기쁨의 함성을 실컷 터트릴 수 있었다.

 "적들이 모두 쓰러졌다. 역시 이것은……."

 위드의 말을 전육이 서둘러 받았다.

 "사막의 지배자이며 생명의 물과 뜨겁고 광활한 모래의 주인, 율법의 창시자이신 위드 대제왕 폐하님의 공입니다."

 "잘 알고 있구나."

 "만세 만세 만만세!"

 기진맥진해서도 아부를 해야 하는 전육!

 퀘스트를 하느라 시간은 촉박하지만 100배의 경험치를 획득하기에 큰 전투를 승리한다면 레벨은 금방 올라간다.

 위드가 지금껏 불가사의할 정도로 높은 레벨을 달성한 것도 무모함과 용기가 있었기 때문이다.

 '완전히 더 안으로 들어가도 괜찮겠어. 사냥을 할 때마다 불 저항력이 오른다니까.'

 전사는 싸우면서 적응하며 극복하는 직업!

 이번 던전의 불도마뱀들은 무식할 정도로 세다. 그렇지만 사냥을 할수록 저항력과 인내력이 오르기 때문에 해볼 만은 하다.

 말살의 불도마뱀들이 떨어뜨린 아이템도 습득. 그렇지만 아쉽게도 당장은 도움이 되지 않고, 대장장이나 재봉사 들이 활용할 수 있는 재료 아이템이었다.

 위드는 전일이에게 물었다.

 "부하들의 피해 상황은?"

 "희생자는 17명입니다."

 "꽤… 많군."

 "죄송합니다, 대제님."

 레벨이 적어도 500대, 그리고 심지어는 700대의 부하들까지 골고루 사망한 엄청난 피해.

 위드는 부려 먹을 수 있는 부하들이 줄었다는 아쉬움을 떨쳐 냈다.

 "약한 놈들이 죽었을 뿐이다. 다음 전투를 준비한다."

 "넷!"

 부하들을 얌전히 키우면 안 된다.

 강한 적과 싸우다가 일부가 죽더라도, 전투 경험에 의해서 남은 부대는 오히려 전체적으로 더 강해진다.

 현재 위드와 함께 다니는 부하들은 베르사 대륙의 시간으로 20년이 넘는 시간 동안 최정예화가 된 것이다.

 몬스터들에게 던져 줘도 번번이 살아 돌아오는 귀찮은 헤

스티거만 하더라도 사막을 떠나서 다른 왕국으로 간다면 대단한 전사로서 칭송받을 만한 존재였다.

"가자!"

위드는 또다시 앞장을 섰다.

언제나 거침없이 앞장서는 대장의 등을 보며 전진하는 사막 전사들은 어떤 적을 만나더라도 해치울 수 있다는 자신감으로 가득 찼다.

'앞에 가야 하나라도 더 챙기지.'

매번 선봉에 서는 것은 위드의 당연한 선택이었다.

정득수 회장은 은행장들을 만났다.

원만한 분위기에서 은행장들을 설득하고자 했지만, 분위기는 비관적이었다.

"정 회장님, 저희 채권단이 보기에는 호성 그룹의 위기가 자금 지원으로 쉽게 해결할 수 있는 간단한 문제가 아닌 것 같습니다."

"기업 경영이 잠시 안 좋아졌지만 기업이란 부침이 있을 수밖에 없습니다. 대출금 상환을 미뤄 주시고 추가로 자금 지원을 승인해 주시면 과감한 신규 투자로 위기를 극복할 생각입니다."

"정 회장님, 호성 전자를 포함한 그룹 전반에 대해서는 저희도 여러 보고서들을 받아 보았습니다."

채권단에는 주거래은행의 두상철 은행장을 제외하고도 상업 은행, 미래 은행의 은행장들이 나와 있었다. 세 은행이 호성 그룹의 대출 채권을 가장 많이 가지고 있는 곳들이었다.

상업 은행장 현진원이 서류를 넘기며 말했다.

"채권단의 결론으로, 호성 건설은 앞으로 회생이 불가능하다고 봅니다."

"어려움은 겪고 있지만 아직 기회는 있습니다. 신규 자금이 수혈되면 다시 살아날 수 있습니다. 호성 건설의 자산과 시공 인력들은 경쟁력이 충분합니다. 해외 건설 부분의 수주 노력도 계속되고 있습니다."

"회장님도 이미 아시지 않습니까? 밑 빠진 독이 되어 버린 호성 건설에 신규 자금을 투입할 수는 없는 입장입니다. 이 부분에 대해 더 이상 길게 말씀하신다면 논의 자체가 이뤄지지 않습니다."

"……."

"그리고 호성 전자 역시 위태로운 것으로 판단하고 있습니다. 미국에 지은 디스플레이 공장은 적자가 누적되고 있어서 투자비도 건지지 못한 채로 폐쇄해야 할 처지라는 보고를 받았습니다."

"유행의 변화가 빨라서 쫓아가지 못했지만 기술진이 철야

작업을 하며 노력하고 있고 해외 유명 디자이너들도 영입을 했으니, 조만간 가시적인 성과가 있을 거라 생각합니다."

"다시 디스플레이에 대규모 투자를 진행하기에는 상황이 좋지 않아요. 호성 그룹 전반의 현금 흐름이 안 좋다는 이야기가 시장에 계속 들리고 있습니다."

"기우에 불과합니다. 특히 호성 전자는 여전히 세계 초일류 기업입니다. 그룹의 부채비율이 높아졌다고 해도 투자를 확대하기 위해 진행된 것들입니다. 완제품에서 고전을 하고는 있지만 부품 소재 분야에 있어서 호성 전자의 경쟁력은 상당합니다."

"하지만 그동안의 노력에도 불구하고 적자의 폭이 크고 몇 년간 흑자 전환이 이루어지지 않고 있지 않습니까? 공장 설비 가동률이 갈수록 줄어들고 있는데 생산량을 늘리기 위한 시설 투자라니요."

정득수 회장은 채권단을 설득하는 데 실패했다.

전반적인 불황에 호성 그룹은 부채가 너무 많고, 건설과 전자 분야의 무리한 투자로 인하여 계열사들이 흔들리고 있다는 평가 때문이었다.

하지만 정작 위기의 근본 원인은 대한민국의 최대 재벌인 백화 그룹 때문이었다.

약 1년 전 백화 그룹의 회장실에서는 은밀한 대화가 오고 갔다.

"호성 그룹은 우리와 사업 영역이 부딪치는 부분이 많아. 놈들이 없어져 주면 수익이 훨씬 더 커질 텐데… 좋은 방법이 없겠나?"

"연구 개발이나 제품 생산에 적극적이어서 골치가 아픈 면이 있죠. 건설업이 위태로운 지금이 호성 그룹에는 최대 분기점이라고 할 수 있으니 정치권과 금융권을 통해서 흔들어 보겠습니다."

"전자에서 신제품이 출시되면 언론이 주목하게 될 거야."

"하청 업체들을 회유해서 납품 기일을 어기게 하는 방식으로 어떻게든 신제품 출시가 지연되도록 해야지요. 그리고 우리 제품들의 판매 가격도 낮춰서, 영업이익이 계속 나오지 않도록 유도하겠습니다."

"그래도 호성 전자는 내버리기 아까운데."

"호성 전자 부사장 출신인 조 상무이사를 통해서 연구진을 채용하겠습니다."

"나중에 채권단 은행장들에게 후한 보상을 해 주고 호성 전자를 헐값에 인수하는 것도 고려를 해 보게. 큰 먹이니까 언론이 알아차리지 못하도록 기다려 가면서 순리대로 차분하게 풀어 가야 한다는 것도 잊지 말고."

"확실히 처리하겠습니다."

그룹 경영에서 비일비재한, 경쟁 그룹 죽이기!

대한민국에서 기술력과 도전 정신을 가진 호성 그룹이 쓰

러지려고 하고 있었다.

🔥

"불도마뱀 14마리 격파! 소란을 듣고 불도마뱀 9마리가 달려오고 있습니다."
"철저한 수비 진형으로."
"철저한 수비 진형!"
위드의 명령에 따라 부하들이 정신없이 방어 진형을 펼쳤다.

던전마다 전투 방식은 많이 다를 수밖에 없다.

여기서는 일렬이나 원형 방어진 같은 것으로 대응하면 안 된다. 그러면 말살의 불도마뱀들이 뭉쳐 있게 되고, 놈들은 한자리에 여럿이 모여 있을수록 뜨거운 화력을 내뿜기 때문이다.

가능한 넓은 지형으로 유인하고 나서 불도마뱀을 따로 고립시켜 1마리씩 처치해야 했다.

전투가 분산되기 때문에 지휘가 더 어렵고, 전사들이 알아서 잘 싸워 주기를 바라야 한다. 부상당한 전사들은 스스로 전장을 이탈해서 몸을 치료하는 수밖에 없었다.

위드는 곧 불도마뱀의 공격 방식을 터득했다.

"6개의 다리 그리고 때때로 꼬리를 내던지기도 하고, 혓

바닥으로 인간을 붙잡아서 먹어 치우기도 하는군."

결론은 온몸이 흉기!

산 채로 잡아먹히는 전사들은 끔찍한 비명을 터트렸다.

그러나 위드의 부하들은 공포로 인하여 사기가 줄어들거나 위축되지 않고 분노하여 더욱 공격적으로 변했다. 사막 전사들이 위드에게 바치는 믿음이란 맹목적이기 때문이었다.

강자에게 당당하게 도전하고, 끝없이 앞서서 강해진다.

위드의 친밀도를 얻는 방식은 부하들과의 관계에서도 역할을 톡톡히 했다.

독재자와 범죄자까지도 아우르는 절대적 친화력!

불도마뱀처럼 마수형의 몬스터일수록 아무리 특별한 힘을 가지고 레벨이 높다고 해도 상대하는 방식은 단순할 수밖에는 없다.

"눈 위에 있는 더듬이를 노려!"

"츄릿!"

"이놈들의 시력은 형편이 없고 더듬이로 진동과 온도 차이를 느낀다. 그리고 혓바닥을 내밀면, 이곳도 약한 부위이니 바로 베어 버려. 무기에 화염을 인챈트해라. 그래야 칼이 녹지 않아!"

"알겠습니다, 대제!"

사막 전사와 불도마뱀은 성향 자체가 동일한 화 계열!

그렇기 때문에 숱한 공격에도 불구하고 서로 피해를 조금

씩 덜 주는 입장이었다.

만약에 빙하 지대에 사는 설인족들이 침입을 해 왔다면 아주 극단적인 결과가 나왔으리라.

불도마뱀들이 위축되어 실력을 발휘하지 못하였거나, 혹은 설인족들이 가까이 다가가지도 못하고 다 녹아 버리거나.

사막 전사들과 불도마뱀은 각자의 능력을 최대로 발휘할 수 있는 상대였기 때문에 그만큼 전투는 지지부진한 감이 있었다.

용맹한 사막 전사들이 높이 뛰어올라서 더듬이를 베어 버리고, 아니면 화살을 쏘아서 더듬이를 잘랐다.

불도마뱀의 방어력이 아무리 높다고 하더라도 혓바닥은 보호되지 않았다. 무기에 높은 레벨의 화염이 인챈트되어 있으면 동족인 줄 알고 피하려고 하지도 않았다.

약점들이 하나 둘 노출되면서 불도마뱀들은 이전보다는 쉽게 쓰러졌다.

"또 이겼다!"

"역시 대제님을 따른 덕분이야."

사막 전사들의 투지와 사기는 높게 유지되었다.

물론 부상자와 사망자도 계속 발생하였지만 전사들의 특성상 이런 어려운 전투에서 계속 승리를 거두면 당연히 최고의 분위기일 수밖에 없다.

위드도 불도마뱀 2마리를 직접 쓰러뜨리면서 3개의 레벨을 올렸다.

"음, 좋군!"

검술을 마스터하고 적들과 싸우면서 얻은 스킬과, 사막의 대제로서 배운 다양한 공격 기술들의 활용이 정점에 올랐다.

조각사로서 여러 스킬들을 활용하여 나름의 꼼꼼한 위력을 발휘하는 것이 아니라, 최고의 공격 스킬들로 던전을 압도해 버리는 강함!

든든한 생명력과 마나, 맷집 덕에 가끔 만나는 보스급 몬스터들을 부하들을 이용하지 않고도 당당하게 굴복시킬 수가 있었다.

사실 보스급 몬스터를 상대할 때에는 부하들이 없는 것이 훨씬 홀가분할 때도 많다.

경험치와 스킬, 전리품 측면에서 혼자 해 먹기도 바쁘니까!

레벨 700대 중후반의 몬스터들과 싸우면서 무시무시한 파괴력을 발휘하고 숨 가쁘게 던전을 휩쓸어 버릴 때에는, 조각 생명체들인 사막 전사들조차도 뒤따라오지 못해 낙오될 정도였다.

그렇지만 말살의 불도마뱀들에 의해 둘러싸인다면 위드라고 할지라도 목숨을 잃을 확률이 컸으니 부하들의 도움이 반드시 필요했다.

위드는 지금 쌓인 전투 영상을 공개하지 않았다.

만약 사막에서나 신비 도시 메타페이아에서의 사냥 모습

을 명예의 전당에 올리기라도 한다면 그날로 난리가 날 것은 틀림없었다.

레벨 500대에서 메타페이아는 정말로 환상적인 사냥터였다.

안개처럼 나타났다가 사라지는 몬스터들.

도시 전체가 그들의 영역으로, 위드와 부하들은 사투를 벌여야 했다.

다른 이들이 흉내 낼 수조차 없는 강하고 박진감 넘치는 속도에, 보는 사람들은 전율할 수밖에 없을 것이다.

그런데 메타페이아의 지하.

대륙을 떠들썩하게 만들 만한 몬스터들이 가득 찬 이곳을 막강한 부대를 이끌고 휩쓸어 가고 있었다.

이런 명장면들이라면 시청률 같은 것은 이미 고려의 대상도 아니다.

부하들 또한 숫자는 줄어들었어도 레벨은 부쩍부쩍 올랐다.

원래의 시간대로 이 부하들만 데려갈 수 있다면 한 나라를 빼앗는 것도 식은 죽 먹기이리라.

강대하기 짝이 없는 하벤 제국도 그냥 무너뜨릴 수 있었다.

"대륙을 통일하고 세금을 왕창 올려도 군소리를 못할 텐데. 하긴 이놈들을 거느릴 능력이 없다면 바로 반란을 일으키고 말 테니 절대 안 되긴 하지."

악덕 국왕으로서 세금을 뜯어내는 원대한 꿈은 아직도 버리지 않았다.

위드가 현재 진행하고 있는 모험에 대해 상세히 알고 있는 사람은 몇 명뿐이었다.

가족인 여동생과, 직접 함께 체험하고 있는 서윤 그리고 지켜보고 있는 유병준 박사였다.

위드가 노들레의 성장 퀘스트를 시작하고 나서 그들의 반응은 극단적으로 나뉘었다.

"오빠가 어련히 알아서 잘하겠지."

유린은 그냥 위드에게 맡기고 놀기 바빴다.

"내가 적극적으로 도와야 해."

서윤은 그녀가 할 수 있는 일을 찾았다.

"어려울 텐데. 어떤 식으로 성장을 하는지 처음부터 지켜볼 수 있는 기회로군. 만약 성장 방식이 틀리거나 한다면… 지금의 능력이 운에 불과했다는 걸 증명하게 되겠지."

유병준은 앞으로 벌어질 사건들에 대해 많은 우려를 했다. 위드의 상황이 그렇게 좋은 건 아니기 때문이다.

그리고 성장 퀘스트를 진행하는 모습들을 보면서…….

"알아서 잘할 거야."

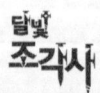

"더 도울 일이 없는지 찾아봐야 하는데. 다음 의뢰도 성공하고 돌아오실 거야. 사막 도시들을 더 발전시키고 기다려야 해."

"의외로군. 무모한 선택이야."

여동생과 서윤은 위드를 믿어 주었다.

가족이나 좋아하는 사람으로서 더 잘 알 수 있는 면들!

어딜 가더라도 손해를 보거나 절대 밥 굶고 다닐 사람은 아니지 않은가.

의심과 생각이 많은 유병준과는 지켜보는 관점부터가 달랐다.

"저기서 저렇게 하면 안 될 텐데."

유병준은 자신의 판단과 어긋나게 행동하는 위드를 보며 납득할 수가 없었다.

퀘스트 초반의 초보 시절에 조각술을 활용하는 건 좋다. 올바르고 당연한 선택이다.

조각 파괴술을 쓰고, 생명을 부여하는 행동 등은 일찍 할수록 성과가 축적되어 유리해질 테니까.

다소의 페널티가 있지만 조각술 최후의 비기 퀘스트에서 노들레로서 성장하는 건 결정적으로 중요한 부분이다. 이 순간을 잘 활용하지 못한다면 차후에 이어질 퀘스트는 도저히 성공시켜 낼 수가 없다.

그렇지만 약한 몸에도 불구하고 버거운 몬스터가 있는 던전들에, 알면서도 뛰어드는 건 이해가 되지 않았다.

"왜 저렇게 하지? 밑바닥부터 차근차근 올라가야 하는데 단계를 뛰어넘어 단숨에 성장을 하고 있어. 아무리 레벨이 빨리 오르더라도 이런 식의 폭발적인 성장이 가능하다니 놀랍군."

조각술 최후의 비기를 얻을지 말지를 결정하는 중요한 퀘스트를 하면서 긴장이나 떨림도 없단 말인가.

소심하게 안정을 택하지 않고 위험한 던전 사냥에 적극 나서는 등, 너무나도 과감했다.

위드는 알고 있었던 것이다. 상황이 중요하다고 하여 움츠러들어만 있으면 더욱 안 좋아진다는 걸!

벌써 유병준이 생각하고 있던 성장의 결과를 훨씬 뛰어넘었다.

퀘스트 수행 과정에서의 100배의 성장 속도.

하지만 실상 전혀 알지도 못하던 사막에서 80일 정도의 시간이 주어졌다고 해서 제대로 해내기는 아주 어려웠다.

중간에 시간을 지체하는 예상치 못한 실수를 저지를 수도 있었으며, 자칫 익숙하지 않은 땅에서 초보부터 다시 시작하다 보면 죽음을 겪어 모든 걸 날려 버릴 수도 있다.

적당한 수준으로 강해지면 안심하면서 이 정도면 되었다고 만족하기도 한다.

하지만 이어지게 되는 연계 퀘스트가 너무나도 어렵기에

그때에 대가를 치러야 했다.

그런데 위드는 자잘한 실수도 하고, 서윤의 도움이 있었다고 하더라도 극적인 모험들을 모조리 성공시키면서 사막의 대제 자리에 올랐다.

주변에 메타페이아의 지하가 아니고서야 더 이상 사냥할 몬스터를 찾기가 어려울 정도가 되었다.

경이로운 생존력과 적응 능력으로, 딱딱 정교하게 짜 맞춰진 것처럼 필요한 것들을 구하고 모험을 즐긴다.

물론 위드의 퀘스트 경험이나 판단력, 전투 실력이 뒤따라 주었기에 가능했겠지만, 지금 와서 보면 결과물이 너무나 훌륭했다.

"판이 커질수록 마음이 위축되고 옳은 결정인지 망설여야 하는 것 아닌가?"

부하들이 고기를 더 먹으면 하루 종일 인상을 쓰는 쪼잔한 성격. 푼돈이라도 잃어버리고 나면 며칠간 탄식을 하며 쉽게 떨쳐 내지 못했다.

가끔씩 입버릇처럼 하는 말이 있었다.

"내가 그때 200원 비싼 소금을 사는 게 아니었어!"

평범한 소시민이 분명한데도 모험과 전투를 하면서는 영웅적인 풍모를 보인다.

굶주린 들개처럼 사막에서 밤낮없이 사냥터를 찾아다니고, 약한 몸에도 불구하고 던전에 뛰어들어 몬스터들에게 용감하게 덤비더니 미로를 헤매면서 귀신처럼 처치하는 실력도, 지켜보고 있을수록 감탄이 나왔다.

위드의 탁월한 성장 속도야말로 사막의 기적이라고 부를 만했다.

무대가 커질수록 겁 없이 가진 능력을 다 발휘했다.

"이게 이 정도라면 정말 조각술 최후의 비기도 얻어 내고 모든 걸 다 바꿔 놓을 수도 있지 않을까? 과거로 돌아온 퀘스트가 어쩌면 이후에 엄청난 변화를 일으키게 될지도."

유병준은 위드가 불사의 군단 퀘스트를 해내고, 아르펜 왕국을 건국하였으며, 조각술 최후의 비기 퀘스트까지 진행하고 있는 것도 우연은 아니라는 생각이 자꾸 들었다.

위드의 모험을 보고 있으면 저절로 몰입하고 흥분하게 된다.

그리고 어느 순간 일어나게 되는 전율!

안정적으로 계단을 하나씩 올라가는 게 아니라 성큼성큼 앞으로 날아간다.

현재 위드의 레벨은 거의 800에 가까워지고 있었다. 퀘스트에서 이 정도의 레벨을 갖춘다는 건, 여러 불리했던 요소들을 감안하면 직접 보면서도 도무지 믿을 수가 없었다.

심지어는 사막의 최강자가 되고 엠비뉴 교단을 격파했던 당시의 노들레보다도 이미 훨씬 강해져 있었다.

위드가 모든 걸 하나하나 이루어 가는 걸 함께 지켜볼 때의 성취감이란 이루 말할 수 없는 기분이었다.

사막 전사들을 지휘하며 던전들을 격파하는 위드가 영웅이 아니라면 그 누가 영웅이 될 수 있겠는가.

"진짜 영웅이란 말인가? 현실에 숨어 있던 영웅이 로열로드의 세상에서 나타나는 그런 것일까?"

그렇게는 인정하고 싶지 않았다.

위드가 어디를 봐서 영웅의 재목인가.

헌신, 희생정신이라고는 눈을 씻고도 찾아보기 어렵고 베르사 대륙이 어떻게 되든 그냥 자기 하나만 배부르면 괜찮다고 여길 인간이다.

게다가 유병준이 아는 중에 이만큼 속 좁고 졸렬한 놈도 없었다.

그런데 위드를 좋아하는 사람들이 세상에는 아주 많다.

그를 따라다니는 여자들은 유병준이 어디서 말도 걸어 보지 못했던 미모를 자랑하였고, 방송이라도 나오면 동시간대에 시청률 1위 정도는 너무도 당연해서 이야깃거리도 되지 않는다.

국왕을 존경해 마지않는 아르펜 왕국의 주민들. 대륙 전체로 뻗어 나가고 있는 풀죽신교.

"확 전부 망해 버렸으면 좋겠군."

아르펜 왕국과 위드의 몰락을 바라는 건, 절대로 코코아 값으로 100원을 덜 주었기 때문은 아니었다.

대지의그림자.

대륙에서 가장 유명하던 모험가 파티.

은링, 벤, 엘릭스!

그들은 프로스크 지역에서 여전히 모험을 하고 있었다.

"에이고, 이번 석판도 가짜예요. 깨져서 지도는 보이지도 않아요."

"우리가 헤매고 다닌 것도 벌써 4달은 족히 넘었는데 진전이 없군."

"제가 아무리 무덤 파는 일이 전문이라지만 공동묘지만 벌써 일곱 군데는 다녀간 것 같습니다."

"신전 무덤도 네 곳은 되죠. 사냥도 제대로 못하고 시간만 낭비했어요. 앞으로라도 찾아내면 다행이지만 그럴 가능성도 적구요."

은링과 벤은 깊은 한숨을 쉬었다.

"왜 우리가 이런 퀘스트를 하게 되어서… 이게 정말 성공할 수 있는 퀘스트인지 의문이 드는군."

"덕분에 신기한 경험을 많이 하기는 했잖아요."

"그래도 우리 때문에 고생한 대륙의 사람들을 생각하면 마음이 편하질 않아."

모험가로서 그들이 벌인 모험의 결과가 어떻게 나타나는

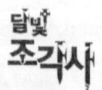

지는 초미의 관심사였다.

 발할라 신전의 의뢰를 수행하는 도중에 엠비뉴 교단을 세상에 드러나게 만들었다.

 물론 엠비뉴 교단은 가만히 놔두었더라도 암중에서 계속 힘을 키워 갔을 것이기 때문에 전적으로 그들의 책임이라고 할 수는 없었다.

 그렇지만 어쨌든 엠비뉴 교단으로 인해 대륙이 황폐해졌다는 소식을 들을 때마다 모험을 했던 당사자로서 죄책감이 들 수밖에 없다.

 항상 정의의 편에 서서 퀘스트를 했고, 그 발할라 교단의 연계 퀘스트는 아직 끝나지 않았다.

 놀랍게도 발할라 최고의 전사들 30명을 이끌고 엠비뉴 교단에서 심고 있는 할리키나스의 뿌리를 뽑아내라는 퀘스트를 진행하게 되었다.

 연계 퀘스트는 계속 이어져서, 엠비뉴 교단에 저항하던 이들을 구출하고 그들이 필요로 하는 물건들도 가져다주었다.

 여섯 번에 걸친 의뢰들을 성공적으로 마치는 데에 무려 1년이 넘는 시간이 걸렸다.

 그리고 지금, 모험가들은 엠비뉴의 보물 중 하나를 찾기 위한 수고를 하고 있었다.

 폐허와 무덤 들을 돌아다니면서 엠비뉴의 보물이 숨겨진 위치를 알려 주는 석판을 찾으려고 했는데, 아직 발견하지 못했다.

―고대의 사건에 대해 기록된 서적들은 더 이상 남아 있지 않다.

훗날 세상을 차지한 인간의 지배자들이 이것을 엉터리 같은 헛소리, 혹은 혼란을 부추기려는 자들의 음모라고 여기고 기록들을 태워 버렸기 때문이다.

무지와 탐욕으로 대변되는 왕 알렉산드리우 3세가 저지른 행동.

비난받고 또 지탄받아 마땅하게도 지식을 가진 학자들을 탑에 가두어 놓고 모두 굶겨 죽여 버린 잔악한 사건 이후 고대의 지식에 관심을 갖는 이들도 줄어들었다.

10억 년 전 인간, 드워프, 엘프, 오크가 사이좋게 살았다는 라체부르그.

네 종족의 시대 이전에 대륙은 여명의 시대라고 불렸고, 드래곤과 몬스터들, 신들의 영향력이 광대하게 퍼져 있었다.

당시에는 신이 직접 강림을 했다는 이야기도 퍼져 있었는데, 그때 엠비뉴 신은 세상에 여러 개의 보물들을 남겨 놓았다고 한다.

대지의그림자 파티는 이 보물을 엠비뉴 교단보다 먼저 입수하는 경쟁 퀘스트를 진행 중!

엠비뉴 교단 측에서는 어느 정도나 진행이 되었는지를 알지 못하기 때문에 초조하기 짝이 없었다.

"메타페이아! 대체 거기는 어디에 있는 거야. 대륙의 어디에 있는지 알고나 있어야 퀘스트를 진행하지."

"아직까지 발견되지 않은 던전임에 틀림이 없어요."

"오넬이 찾아 주면 좋을 텐데."

대지의그림자 중에서 전투 계열이 아니라 유일한 학자인 오넬이라는 유저는 모라타의 대도서관에 있었다.

퀘스트, 역사와 관련된 각종 기록들이 가장 많이 모여 있는 대도서관 덕분에 대지의그림자도 퀘스트를 하는 데 많은 도움을 받았다.

그리고 어느 날.

"위대하기 짝이 없는 대륙의 영웅 위드에 대해서는 알고 있겠지?"

크런 마을에서 어느 한 주민이 말했다.

"아, 예."

대지의그림자 파티는 대충 지나치려고 했다.

모험가들에게 위드에 대한 이야기는 아주 귀에 못이 박히도록 들은 것이었기 때문이다.

위드의 호칭도 워낙에 많았고, 직업을 따지지 않고 다방면에 걸쳐서 인정을 받고 있었다.

바느질을 잘하는 위드, 갑옷에 물결무늬를 꼼꼼하게 새기는 위드, 큰 물고기를 낚아 올린 위드.

모험을 성공할 때마다 떠들었으니 베르사 대륙에서 주민

들이 가장 많이 이야기를 하는 대상은 위드일 수밖에 없다.

"남부 사막의 역사상 가장 존엄한 분이라서 나 같은 무지렁이가 함부로 부를 수는 없는 분이지. 하지만 뭐, 어떻겠는가. 벌써 수백 년 전에 살았던 사람인데."

"네에?"

은링은 깜짝 놀랐다. 수백 년 전에 산 사람이라니 이건 또 무슨 소리인가.

"할아버지, 지금 아르펜 왕국의 국왕 위드 님을 말하는 거 아니세요?"

"그분도 물론 훌륭한 분이지. 그런데 사막의 대제왕이셨던 위드 님은 뜨거우면서 차가운 피를 가지고 있었어. 적들에게는 조금의 인정도 없이 무자비하고 폭력적이며 잔혹하였지만 그 덕에 사막의 부족들은 대부흥을 일으켜서 발전을 하였지 않은가."

"사람도 별로 살지 않는 사막이 발전을 해요?"

"그럼. 사막 최고의 도시 아그셀리아에는 가 보지도 못했는가? 모래의 바다 저 멀리까지 수로를 뚫어 놓고, 고급 별장과 주택 들이 끝을 모를 만큼 펼쳐져 있다는데."

"그럴 리가요."

벤은 모험을 좋아하는 만큼 대륙의 지도를 거의 외우고 있다시피 했다.

남부의 사막 도시들도, 직접 가 본 적은 없어도 이름이나

대략의 정보는 알고 있었다.

"아그셀리아는 인구가 3,000명도 안 되는 곳인데요."

"예끼, 이 사람! 그게 무슨 소리인가. 거기는 날고뛰는 사막의 전사들만 10만이 살고 있는 곳인데. 황금으로 산을 쌓을 수 있다는 사막의 부호들만 해도 3,000명이 넘을걸."

"……."

"태양의 전사이며 사막의 대제이신 위드 님이 몇 번이나 다녀갔던 도시이지. 위드 님의 유적에는 매년 수백만의 인파가 몰려가서 인사를 드린다네."

생소한 이야기에 은링과 벤, 엘릭스는 서로의 얼굴을 마주 보았다.

도리도리.

들어 본 적이 없다는 듯이 거의 동시에 고개를 저었다.

'이게 무슨 홍두깨 같은 소리야?'

'태양의 전사, 사막의 대제 위드? 직감적으로 또 무슨 모험을 한 거 같은데.'

'진짜야, 가짜야? 이제 가짜 모험에 대한 소문도 돌아다니나?'

노인은 이어서 말했다.

"그분은 전사로서 인간이 오를 수 있는 최고의 자리에 올랐을 뿐만 아니라 모험을 아주 즐겨 하셨다고 전해져 오고 있어."

물론 그러하리라.

위드는 조각사이면서 못하는 것이 없다고 알려져 있었으니까.

재봉사, 대장장이, 요리사 들은 그 때문에 좌절도 많이 하고 한숨도 많이 쉬어야 했다.

아무리 노력하더라도 스킬 레벨을 한 단계씩 올리기가 쉽지 않은데 위드는 모두 고급의 경지에 올라 있다고 한다. 발자취조차 따라가기가 버거운 것이다.

모험가 파티들도 가장 큰 숙적으로 꼽는 것이 위드!

그들이 모험을 성공시키더라도 주민들이 이야기를 하는 건 잠시 동안이었다.

상대할 수 없을 정도로 큰 명성을 가지고 있는 위드가 무슨 일이라도 하면 주민들은 신이 나서 떠들어 주었다.

모험가 스킬이나 혜택도 없이 매번 성공하는 걸 보면 기가 막힐 노릇이다.

"위드 님께서는 사막에 내려오는 전설, 신비의 도시 메타페이아도 발견하셨지. 이 얼마나 대륙에 길이 남을 만한 업적이란 말인가."

"앗! 메타페이아!"

"허억!"

"저, 정말입니까?"

"그래. 정말 놀랄 만한 일이지 않은가?"

대지의그림자 파티는 진정으로 경악하지 않을 수가 없었다.

그들이 그토록 찾아 헤매던, 엠비뉴 교단과 관련되어 있는 단서!

그것이 위치한 장소가 메타페이아라는 곳이었다.

ㅡ세상에 존재하지만 드러나지 않는 장소.

그 신비함은 죽음의 길을 걷는 나그네에게 모습을 비추어 주지만 접근을 허락하지는 않는다.

"그렇다면 사막이었어!"

"신기루!"

그들이 지금까지 조사했던 자료에도 딱 맞아떨어졌다.

그러나 진정 놀랄 일은 앞으로 더 남아 있었으니…….

"말살의 불도마뱀이라고 아는가?"

"예. 들어 본 적이 있습니다만. 아니, 만나 본 적도 있습니다."

불의 정기를 받아서 살아가는 몬스터!

땅속 깊은 곳의 던전에 우연히 들어가서 말살의 불도마뱀을 보았다. 그리고 기억하는 것은 놈이 불을 뿜어내던 장면뿐이었다.

레벨이 400이 넘었음에도 불구하고 곧바로 사망을 해 버린 것!

잃어버린 아이템을 찾으러 죽었던 장소에 다시 가지도 못했다.

어지간한 몬스터라면 벤이 위험을 무릅쓰고 은밀하게 들어가서 회수해 오겠지만 거의 대적이 불가능한 몬스터였다.

말살의 불도마뱀 3~4마리가 모여 있는 걸 봤을 때 드는 생각은, 이런 몬스터가 도시로 쳐들어오면 끝장이겠다는 두려움뿐이었다.

"이건 사막의 전사들 사이에 전해져 내려오는 이야기에 불과하네만……."

"뭔데요?"

"위드 님께서는 그 말살의 불도마뱀들을 말 그대로 몽땅 때려잡았다는군."

"컥!"

"어떻게요?"

"설마 대장까지요?"

"당연하지. 입 아프게 뻔한 이야기를 도무지 왜 묻는지 모르겠군. 어디 그뿐이겠는가. 말살의 불도마뱀들이 다시는 자리 잡지 못하도록 알까지 몽땅 씨를 말려 버렸어. 전사 길드로 가 보게. 이 이야기에 대해서는 그들이 더 자세히 알고 있을 테니."

벤은 목덜미가 서늘하고 다리가 후들후들 떨린다는 느낌이 어떤 건지 이제야 알 수 있을 것 같았다.

과거 한때에는 위드에게 용감하게 도전장을 보낸 적도 있고, 지금도 모험의 경쟁자로 여기고 있다.
 하지만 그것은 객기나 만용에 불과하였던 것 아닌가.
 은링과 엘릭스도 너무도 황당한 나머지 입을 쩍 벌린 채 말도 하지 못하고 있었다.
 "우리가 꿈을 꾸고 있는 거지?"
 "그런 것 같아요. 근데 메타페이아가 발견되었다고 하잖아요. 그리고… 말살의 불도마뱀을 때려잡았다고 하고요."
 "기뻐해야 하는 거야, 아니면 울어야 되는 거야?"

불세출의 전사

위드는 바닥에 쓰러져 있는 거대한 사체를 보고 있었다.

피부는 용암처럼 이글거리고 있었으며, 이마에 돋아 있는 3개의 뿔은 위협 그 자체였다.

메타페이아의 보스 몬스터 말살의 불도마뱀 왕.

사막에서 살아가던 전설적인 존재.

하지만 위드와 부하들에 의해 막 사냥을 당하고 만 것이다.

저 화려한 무늬가 그려진 특별한 가죽과 피, 뿔 등은 이제 조각조각 해체되어 상점에 팔리게 되리라.

물론 그 과정에서 흥정을 통해 가격을 높이려는 시도는 필수!

"과연 역대 최강의 몬스터라고 할 만했군."

―부상이 심합니다.
 현재 남아 있는 생명력 4.3%.
 화염의 피해를 계속 입고 있습니다.
 즉시 치료를 받지 않으면 생명이 위독합니다.

 익숙한 손놀림으로 붕대를 꺼내서 몸에 둘둘 감고 약초를 발랐다.

―완벽한 붕대 감기 기술로 출혈을 방지합니다.
 상태의 악화를 막습니다.
 타고난 맷집으로 부상 회복 속도가 67% 빨라집니다.

 말살의 불도마뱀 왕.
 위드가 직접 상대해 본 몬스터 중에서도 단연 최고였다.
 사냥 도중에 두꺼운 벽면과 천장이 녹아서 무너져 내렸다.
 깔려서 부상을 입거나 죽은 전사들만 하더라도 부지기수.
 워낙 회복력이 빨랐던지라, 사막 전사들이 자신의 목숨을 포기하면서까지 덤벼들고 위드가 몬스터의 머리에 올라타서 치명적인 일격을 연속으로 터트리고 목을 베지 않았더라면 아직도 싸우고 있었으리라.
 "정말 간신히 잡았어."
 금방 쓰러진 몬스터의 몸에서는 아직도 열기가 모락모락 피어났다.
 위드의 몸에서도 여전히 화려하게 불꽃이 일고 있었다.

넘실거리는 화염 각인의 효과가 아니라, 불도마뱀 왕에 의해 옮겨붙은 특수한 불꽃!

하지만 높은 불 저항력으로 인해 더 이상의 피해를 주지 못하고 서서히 사그라졌다.

띠링!

-전설의 괴수 말살의 불도마뱀 왕이 영원한 안식에 들어갔습니다.

-레벨이 오르셨습니다.

-레벨이 오르셨습니다.

-레벨이 오르셨습니다.

-레벨이 오르셨습니다.

-위대한 전투 대업적으로 인하여 명성이 16,782 올랐습니다.

-카리스마가 7 상승하셨습니다.

-던전에 들어온 이후 과감한 지휘로 통솔력이 6 상승하셨습니다.

-사막 전체에 영향을 미치게 될 영광적인 전투의 승리로, 전투에 참여했던 모든 이들의 전 스탯이 7씩 오릅니다.

"크후후훗, 역시 이 맛이지!"

100배의 경험치를 얻고 있었기 때문에 보스급 몬스터 사냥은 짭짤했다.

물론 정상적인 성장 과정을 거쳐 온 건 아니기 때문에 현재의 위드는 레벨에 비해서 가지고 있는 스킬이 다양하지는 않았다. 게다가 조각사로서 성장할 때처럼 공들여 골고루 스탯들을 높게 쌓지도 못하였다.

단점이 있을 수밖에 없지만, 어쨌든 어마어마한 레벨!

눈빛이라도 마주치면 레벨 400대 정도의 몬스터들은 감히 대적할 엄두도 내지 못하고 꽁무니를 빼기 바빴으며, 검이라도 휘두르면 불의 기운이 크게 일어나서 몰살이었다.

위드가 작심하면 도시 하나를 뭉개는 것도 식은 죽 먹기였다.

사막 전사에서 승급을 하여 태양의 전사가 되었다.

세상에서 오로지 단 1명, 가장 강한 사막 전사에게만 부여되는 직업.

태양의 전사 최강 스킬, 종말의 날을 사용하면 마나가 허용하는 한 모든 것을 태운다.

"아이템부터 챙겨야지."

샤샤샥!

―마스터급 재봉 아이템, 말살의 불도마뱀 왕의 두꺼운 가죽을 획득하셨습니다.

-말살의 불도마뱀 왕의 마나 심장을 획득하셨습니다.

-마스터급 조각술, 대장일 아이템, 말살의 불도마뱀 왕의 뿔을 3개 습득하셨습니다.

-화염의 생츄어리로 인도하는 크리스털을 입수하셨습니다.

"과연 이것들이 무엇일지. 기대가 되는군. 도움이 되는 물건이어야 할 텐데."

위드는 부하들을 힐끗 보았다.

마지막 전투를 치르고 나서 큰 부상을 입고 쓰러져 있는 모습들.

던전에 들어왔던 사막 전사들은 절반도 채 남아 있지 않았다. 부상병들은 중간에 버리고 왔기 때문에 그들이 무사하더라도 최소한 200~300명은 넘게 죽었다.

마지막에 혼자 말살의 불도마뱀 왕을 처치하고 아이템을 독식하려니 최소한의 양심에 걸리는 부분이 있었다.

"몰래 확인해야지. 감정!"

부하들 몰래 숨어서 아이템을 확인하면 상관없어지는, 그 야말로 최소한의 양심!

띠링!

말살의 불도마뱀 왕 가죽 : 내구력 125/125.
전설의 몬스터 말살의 불도마뱀 왕의 가죽.
두껍지만 매우 가볍고 신축성이 있다.
고귀한 무늬는 열을 가할 때마다 드러나며, 잘 찢어지지 않는다.
가죽에 기본적으로 화염 저항 +85%의 속성이 부여되어 있다.
물리적인 공격의 피해를 88% 감소시킨다.
스킬의 레벨에 따라 추가적인 마법 저항이 부여되고, 특징이 부여된다.
제대로 가공만 한다면 불가사의할 정도의 방어력과 특성을 부여할 수 있다.
마스터급 재봉 재료.

불도마뱀 왕의 마나 심장 : 내구력 17/17.
불의 마나가 응축되어 있는 심장.
매우 희귀한 물건이다.
섭취하는 것만으로 마나의 최대치를 1,700 늘려 주며, 화염을 다루는 능력이 3% 증가한다.
스킬 '불의 세계' 사용 가능.
여러 개의 심장을 먹을 시에는 추가적으로 얻는 효과가 점차 감소하게 된다.
요리사가 이 재료를 가지고 특별한 요리를 했을 때에는 얻게 되는 능력이 더욱 커짐.
아직 싱싱하다.

> **말살의 불도마뱀 왕의 뿔** : 내구력 182/196.
> 세상에서 가장 단단한 뿔이다.
> 가공하는 것은 불가능에 가깝지만 궁극의 경지에 도달한 조각사나 대장장이라면 이를 뜻에 맞게 변형시키는 시도를 할 수 있을 것이다.
> 만약 무기를 만든다면 어떤 갑옷이라도 꿰뚫을 수 있다.

"음, 훌륭해."

위드는 전리품이 만족스러웠다.

이런 행복함이야말로 보스급 몬스터를 힘겹게 사냥하고 얻을 수 있는 기분이다.

그리고 붉은색의 기운이 감도는 크리스털!

"감정!"

> **화염의 생추어리로 인도하는 크리스털** : 내구력 9/10.
> 신비한 생추어리로 갈 수 있는 포탈을 생성하는 크리스털이다.
> 사용하기 위해서는 약간의 마나를 주입해야 함.
> 단 1명만 통과할 수 있음.
> 만약 크리스털을 파괴한다면 화염의 대정령이 나타나서 사방으로 노여움의 불꽃을 발산함.

"이건 들어 본 적이 있군."

사막의 도시에서 어느 노인이 했던 말이 있었다.

─불, 물, 바람, 땅, 번개. 이 모든 것들에는 근원이 되는 특수한 장소가 있지요. 이 사막에는 불과 관련이 있는 생 추어리가 숨겨져 있다오. 그걸 어떻게 아느냐고? 불에 타 버린 시체의 일기장에 그런 내용이 적혀 있었다오, 킬킬. 그 책은 아마도 모래가 덮어 버린 도시에 그대로 남아 있겠지. 찾으려고 한다면 고생깨나 할걸.

 노인이 알려 준 단서에도 불구하고 위드는 귀찮아서 찾지 않았다. 그리고 앞으로도 찾을 계획은 없었다.
 80일간의 사냥이 불과 4분을 남겨 놓고 있었던 것.
 줄기차게 사냥으로 달려왔던 일정에 대단원의 막이 내려질 시간이었다.
 "녀석들. 고생 많았다."
 아이템을 확인하고 나서 부하들의 몸에 붕대를 감아 주었다.
 "크으으, 대제께서 저희를……."
 "너희라면 여기까지 올 수 있으리라고 믿었다. 수고 많았다."
 이후에 어떤 퀘스트로 이어지게 될지 모르기에 베푸는 호의!
 '시간이 조금 남았는데, 여차하면 이놈들이라도 때려잡아서 레벨을 더 올려 봐?'

위드의 눈에 살기가 번뜩였다.

현재 레벨은 824.

믿고 따르던 부하들까지도 전부 해치우면 레벨이 상당히 높아질 수 있었다.

조각 생명체들은 놔두더라도, 사막 부족들 중에서 충성을 바친 겉절이들이야 죽여도 상관없지 않겠는가.

'아냐. 아직 이놈들이 몇백 명이나 남았는데. 나를 따라다니면서 온갖 구박에도 버틴 놈들이라 무력이 만만치가 않아. 나도 부상이 꽤 심하니 단체로 반란이라도 일으키면 거꾸로 당할 수도 있어. 나중에라도 이놈들을 써먹을 곳이 있겠지. 없다면 뭐라도 만들어서 부려 먹으면 돼. 새우잡이 배에라도 팔아먹어야지.'

위드는 무기를 뽑으려고 망설이던 손으로 다시 정성껏 부하들에게 붕대를 감아 줬다.

"여기까지 와 줘서 고맙다. 이렇게 승리한 것은 다 너희 덕분이다."

"아닙니다, 대제님. 대제님의 뒤를 따를 수 있는 것은 무한한 영광입니다. 어디든 가겠습니다. 그곳이 죽음이라고 할지라도, 제 마지막 모습을 잊지 않아 주시면 영광일 것입니다."

"너희를 어떻게 나보다 먼저 죽도록 내버려 둘 수 있겠느냐. 너희가 아플 때마다 내 생살이 찢겨 나가는 그런 고통

인데."

"대제님!"

"그래, 느드말 부족의 전사 호로타야!"

"허억! 미천한 제 이름까지 기억을 해 주시다니요."

"당연히 내 머릿속에는 너희에 대한 생각으로 가득하단다! 내가 너희를 어찌 가볍게 여길 수 있단 말이냐."

위드는 부하들의 이름을 1명씩 부르면서 격려를 해 주었다.

"달로냐, 볼로수, 크렌그래드, 아이…스미치? 흠흠, 우라쓰. 너희의 부상도 심하구나. 이리 오너라. 붕대가 아직 많이 남아 있다."

"제 부상은 아무것도 아닙니다. 대제님의 그림자가 되겠습니다."

"앞장서서 대제님의 적을 가르는 칼과 활이 될 것입니다."

이름을 정확히 기억해 주니 그것만으로도 감격해하는 부하들이었다.

'너 이놈 헤스티거! 아직도 살아 있었구나. 팔 보호대가 바뀐 걸 보니 어디서 또 아이템 좋은 걸 주워 먹었군.'

질투와 시기로 기억되는 이름도 있었다.

그렇게 시간을 보내다 보니 노들레의 성장 퀘스트가 끝날 시간이 되었다.

띠링!

노들레의 성장 완료
뜨거운 열사의 땅.
노들레에게 주어진 시간은 끝났다.
힐데른을 지키고 평화를 유지하기 위해서는 피를 원하게 되리라.
주의 : 시간이 흐르는 속도가 100배에서 원래대로 변합니다.
　　다음 연계 퀘스트는 하루 후부터 진행됩니다.

 한고비가 무사히 넘어갔지만 이후의 퀘스트는 더욱 파란 만장하리라는 예감이 이미 강하게 들었다.
 "무슨 의뢰가 쉽게 풀리는 경우가 없어."
 위드는 한숨을 쉬었지만, 어쩔 수 없는 일이었다.
 남들은 한번 하기도 어려운 퀘스트들을 연달아서 받아 내고, 또 그것들을 완벽하게 성공시켜 왔다. 그렇기에 그다음에는 더 어려운 퀘스트를 받는 일들이 당연하게 이어져서 지금까지 오게 된 것이 아닌가.
 위드는 부하들을 챙겨서 오아시스가 있는 사막 도시 라호스로 돌아왔다.
 던전을 떠날 때에는 당연히 말살의 불도마뱀들에게서 나온 가죽과 뼈, 이빨, 발톱까지 몽땅 챙겨 왔다.
 던전은 모든 것을 잃어버린 채 텅 비어 있었다. 화염의 정화 속에서 생성되는 말살의 불도마뱀이기에 놈들이 다시 나타나려면 최소한 1년 정도의 시간은 걸릴 것이다.

이번 사냥에서 살아남은 사막 전사들은 총 741명!

산전수전 다 겪은 부대는 규모가 크게 줄어들었지만 불도마뱀의 던전에서 대단한 경험을 겪었기에 전체적으로는 훨씬 강해져 있었다.

"전일아, 여기가 라호스가 맞느냐."

"예. 제 생각에는 맞는 것 같습니다."

퀘스트를 진행하는 사이에 라호스의 모습은 굉장히 많이 변해 있었다.

주민들이 흙을 구워서 지은 수만 채의 붉고 흰 주택들이 모래 언덕을 끼고 세워져서 아름다웠으며, 형형색색의 성벽도 우아하기 짝이 없었다.

중앙 대륙의 왕국들에는 울창한 푸른 숲과 멋진 산에 어울리는 귀족들의 성과 도시 건축물의 주거 문화가 있다. 재료들은 돌을 쪼개거나 깎고, 나무를 많이 이용한다.

라호스는 그보다는 대중적이면서도 사막의 모래와 어울리는 흙의 도시였다.

단단하고 아늑한, 생명이 움트고 살아가는 대도시의 느낌!

사막 전사들의 도시이다 보니 외부의 침략에 대해서는 두려워하지 않았다.

높지 않은 성벽은 수비보다는 도시의 경계를 나누는 역할을 했고, 성문이 있는 자리도 그대로 뚫려 있었다.

구름 조각술로 인하여 비가 풍부하게 내리면서 오아시스

는 맑은 청녹빛 호수로 변하고 인근에는 강줄기도 흐른다.

꿀과 젖이 흐르는 라호스라는 도시 별명이 있었으며, 상인들과 유목 농민, 예술가 들이 모여서 항상 붐볐다.

"돈 아깝게… 예술에 쓸 돈이 있으면 차라리 내가 횡령을 해야 하는데."

위드는 예술에 투자하는 걸 마땅치 않게 여겼지만, 서윤은 용병 길드를 통해 얻은 수익금을 예술에 아낌없이 재투자했다.

열정적인 춤과 노래, 조각, 미술 등은 사막지대의 독창적인 문화로 정착되었다.

"대제님의 방문이다!"

"주민들은 모두 나와라!"

위드가 부대를 끌고 방문을 하자, 주민들은 왕의 행차를 접한 것처럼 앞다투어 길거리로 달려 나와서 공손히 땅에 엎드렸다.

사막에서 가장 존엄한 존재!

지위를 얻거나 선정을 베풀지도 않았지만, 사막에서 가장 강대한 자에게 경배를 하는 것은 너무도 당연했다. 실제로, 세력이 큰 부족들 간의 묵히고 묵힌 분쟁을 위드가 힘으로 종식시킨 적도 있었다.

"너희가 매번 싸우니 내 지켜보기 심히 귀찮구나."

"대제님, 저들이 먼저 80여 년 전에 우리가 키우는 양 떼를 강탈해 갔습니다."

"아닙니다. 이곳은 우리가 가꾼 목초지. 저들이 먼저 넘어왔던 것입니다. 여기 기록도 가지고 있습니다."

"시끄럽다. 이유는 필요 없다. 내 눈에 거슬리니, 계속 분쟁을 일으킨다면 너희 부족 중 하나는 사막의 모래가 되리라."

"살려 주십시오!"

"저희가 잘못하였나이다."

"잘못을 안다면 그에 대한 배상을 하여야 할 것이다. 양 떼와 목초지를 내놓아라. 너희의 관계가 좋지 않으니 그 재물은 내가 대신 받겠노라. 싫다면 죽어라."

"고, 공정하신 판결에 감사하옵니다."

위드는 가볍게 힘을 과시하고, 그들이 가지고 있는 재산을 뜯어냈다.

조각술 최후의 비기 퀘스트를 완료하고 나서 이 시간대의 물건들을 가지고 되돌아갈 수는 없겠지만, 그래도 돈은 필요했다. 좋은 무기와 장비, 스킬 북 등을 구입해야 했기 때문이다.

그러면서 추가로 '뇌물의 추구자'라는 호칭이 붙기는 했지만 상관없었다.

"뭐 어때. 내 자신이 떳떳하면 되지."

관행이나 상부상조라는 미덕으로 승화시키는 적극적인 뇌물 수수 정신!

도시에서 서윤과 만나기로 했지만 여자들은 눈을 제외하

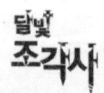

고는 천을 둘러서 얼굴을 가리고 있기에 알아보기 어려웠다.

위드는 서윤에게 귓속말을 보냈다.

-어디야?

-분수대예요.

-금방 갈게.

서윤은 도시의 분수대 앞에서 기다리고 있었다.

위드는 쌍봉낙타에서 내려서 파라오의 가면을 벗었다.

태양 빛에 번쩍번쩍 빛나는 대머리!

그를 맞아 서윤이 쓰고 있던 차도르를 벗자, 사막의 단정한 복장은 지적인 느낌과 함께 단아하고 우아한 분위기까지 풍겼다.

불합리하게도, 똑같이 퀘스트가 진행되는데도 그녀는 노화가 이루어지지 않았다.

분수대를 등지고 위드를 향해 웃고 있는 서윤의 얼굴은 바가지를 듬뿍 씌우기 위해 텔레비전에 나오는 비싼 화장품 광고 모델처럼 화사하게 빛났다.

여자들이 피부 미용에 돈을 쏟아붓는 이유를 그녀가 증명하고 있었다.

"우린 안될 거야. 아마……."

"포기하기에는 아직 일러. 하수구로 들어가면 살 수 있을 거야!"

도시에서 화가들이 붓과 물감을 챙겨서 부리나케 달아났다.

보통 도시라면 몬스터로부터의 안전지대였지만 이들은 암살자들에 의하여 쫓기고 있었다.

"어디쯤 와?"

"몰라. 안 보이는데. 하수구에 도착했다. 이젠 살 수 있을… 커억!"

하수구에서 갑자기 튀어나와서 독을 바른 보라색 단검을 휘두르는 암살자!

"역시 도망치는 놈들이 생각하는 곳은 뻔하군."

"닥쳐, 이 헤르메스의 개!"

"유언으로 알겠다."

서걱!

헤르메스 길드에서는 하벤 제국 내의 치안을 지키기 위하여 무자비한 암살자 부대를 운용했다.

"낙서들이 많아지고 있습니다. 생각보다 치안의 악화가 심각한데요."

"의심 가는 놈들은 모두 죽여라. 도시의 화가들은 특별히 감시를 하도록."

화가들은 물론이고 저항군, 엠비뉴 교단 할 것 없이 모조

리 암살 허락!

조금이라도 하벤 제국의 치안을 혼란스럽게 하는 행동을 하면 즉결 처분을 했다.

황궁 광장에서 유저들의 항의 시위도 벌어졌지만, 전투 마차를 포함한 군대를 동원하여 몰살시켰다.

여론이 나빴지만 대륙 최강대국으로 중앙 대륙의 패권을 차지한 하벤 제국은 유저들의 반발을 힘으로 억눌렀다.

심지어는 바드레이 황제 이름의 칙령도 내려졌다.

1. 하벤 제국의 통치에 반대하는 자 사형
2. 몰락한 왕국의 저항군과 관련하여 그들을 돕는 퀘스트를 하면 사형
3. 영주를 비방하거나, 제국에 해가 되는 낙서를 하면 사형
4. 엠비뉴 교단과 관련되면 사형
5. 치안을 악화시키는 모든 행위에 대하여 즉결 처분. 사형

황제 바드레이가 적는다.

하벤 제국은 앞으로 베르사 대륙을 통일하여 반복되어 오던 지긋지긋한 전쟁을 종식시키고 항구적인 평화를 가져오려고 하는 바.

기득권을 잃고 패배한 왕국의 유저들과, 끊임없이 전쟁을 일으키던 길드의 유저들이 제국의 정당한 통치를 방해하기

위한 음해 공작으로 유언비어를 퍼트리고 있다.

 잘못된 판단으로 이들을 돕거나 가담한 자는 앞으로 영원히 하벤 제국의 모든 시설물과 사냥터에서 추방될 것임.

 일반 유저들은 그래도 대다수가 참고 하벤 제국에 눌러 있는 경우가 많았다.

 베르사 대륙에서 고향은 아주 중요했다. 익숙한 도시에, 동료들도 있다. NPC와의 공헌도와 친밀도를 올려놓은 모험의 기반 도시가 되는 것이다.

 남들이 헤르메스 길드를 비난하더라도, 원래부터 하벤 왕국에서 시작했던 유저들은 이미 적응했기에 그리 나빠졌다고 생각하지도 않았다.

 사냥터 입장료와 비싼 물가, 과중한 세금. 이런 사정들이야 다른 왕국도 마찬가지이지 않은가.

 날로 강성해지는 제국에서 활동하는 이득도 분명히 있었다. 하벤 제국이 확장되면서 소속 유저들은 자연스럽게 활동 영역이 넓어지는 효과도 얻었다.

 게다가 하벤 제국은 가장 먼저 국가의 통일이 이루어졌다. 다른 길드들이 쟁탈전을 벌이고 있는 장소들보다는 위험하지도 않고 신경 쓸 것도 덜했다.

 나중에 헤르메스 길드의 박해를 피해서 북부로 떠난 유저들도 꽤 되었지만, 그래도 제국으로서 많은 사람들이 살아갔다.

"칙령? 이제는 장난 아니다."

"뭐야, 이게 다 하벤 제국에 잘못 보이면 그냥 다 죽여 버리겠다는 뜻이잖아."

"독재국가가 따로 없네."

유저들은 불만을 가졌지만 그래도 밖으로 표출하지는 못했다.

하벤 제국의 막강한 군사력이 그들을 위에서 찍어 눌렀다. 더군다나 대륙 연합군마저도 철저히 패배하고 난 이후가 아니던가.

하벤 제국은 계속 점령지를 늘려 가고 있었으며, 또한 약탈로 쌓이는 재정을 바탕으로 군대의 규모도 계속 키워 나갔다.

사람들은 자신들과는 상관없는 이야기라고 외면하면서 조용히 사냥과 모험을 즐길 수밖에 없었다.

파비오의 손 아래에서 불꽃들이 춤을 추고 있었다.

금속과 불을 자유자재로 다루는 경지!

대장장이 스킬의 숙련도가 고급 99%에 도달하였다.

마스터를 목전에 두고 있었지만, 검을 아무리 만들어도 숙련도는 더 이상 늘어나지 않았다.

구하기 어렵다는 이리듈라스 금속을 얻어서 제련을 해도 숙련도는 변하지 않았다.

"이것이 단순 생산의 한계인가. 새로운 방법을 찾아봐야 되겠군."

사실 파비오는 이런 일이 벌어질 것임을 어느 정도 예상하고 있었다.

최고의 대장장이란 결국 평범한 철검 몇 자루를 제작하였느냐가 아니라 대륙 전체에 이름을 날릴 만한 전설의 명검을 탄생시키느냐 마느냐에 달려 있다.

대장장이 마스터.

불과 금속의 지배자가 되려면 그에 걸맞은 위업을 쌓아야 하리라.

숱한 유저들이 누군가 최초로 스킬을 마스터하는 순간만을 기다리고 있는데, 파비오는 진짜 마지막 단계를 남겨 놓고 있는 것이다.

파비오가 자리에서 일어났다.

"최고의 검 그리고 완벽한 방어구. 좋은 물건은 그걸 쓸 자격이 있는 사람에게 가야겠지. 혼란스러운 대륙을 통일하는 최초의 영웅, 그리고 누구도 쌓을 수 없는 업적의 모험을 하는 자에게 그에 걸맞은 무기와 방어구를 만들어 주어야 대장장이로서 영광의 자리에 올랐다고 할 수 있을 것이야."

그는 대장간에 있으면서도 세상이 변해 가는 것에 대해서

는 잘 알고 있었다.

드워프 왕국 토르는 아직까지 외부의 침략이나 간섭을 받지 않고 있다.

드워프는 왕이나 지배 귀족의 문화가 없었고, 타협을 모르는 호전적인 드워프 전사들은 적들과 싸우기 위한 도끼를 다루는 데 전문적인 기술을 가지고 있다.

무엇보다도 악룡 케이베른의 존재가 있기 때문에 쉽게 정복당할 땅이 아니다.

하지만 세상이 하벤 제국에 의하여 정복된다면 드워프들 역시 자연스럽게 그들로부터 영향을 받게 된다.

본인들이 전쟁을 일으키지 않더라도 휩쓸려 버리게 되는 소수 종족의 운명.

토르가 아닌 더 넓은 세상에서 활동할 생각이 있다면 당연히 대륙의 변화에 대하여 관심을 갖게 된다.

"헤르메스 길드와의 협력을 더욱 강화해야 되겠군. 더 늦기 전에 선택을 내려야지."

파비오뿐만이 아니라 대장장이 후배들까지 있는 아이언로드 길드 전체가 하벤 제국의 정복을 돕기로 했다. 정복 전쟁 와중에 얻는 광석들은 드워프 대장장이들에 의해 무기와 방어구로 가공될 것이다.

아이언로드뿐만 아니라, 지금까지 조용히 정복 전쟁을 지켜보던 수많은 길드들이 하벤 제국으로의 이전을 추진했다.

저항을 포기하고 하벤 제국의 지배를 받아들이기로 한 것이다.

페일, 수르카, 이리엔, 로뮤나, 화령, 벨로트, 메이런, 마판까지 모두 모였다.

"에효… 다들 고생이 많으셨군요."

벨로트가 측은하다는 듯이 다른 사람들의 얼굴을 보았다.

드라마를 촬영한다는 이유로 한동안 로열 로드에 접속하지 못했다. 그런데 그사이 다른 사람들의 몰골은 다들 말이 아니었다.

머리가 헝클어져 있거나, 얼굴은 핼쑥해지고 갑옷이 깨지고 더러워져 있었다.

수리를 하면 말끔해질 수 있다지만 그동안 어떤 퀘스트를 하다가 돌아온 것인지를 알 수 있었다.

"괜찮아요. 보람도 있었는데요, 뭐. 이제야 손맛이 제대로예요!"

다크 엘프처럼 얼굴이 까맣게 그을린 수르카가 주먹을 불끈 쥐었다.

그녀의 주먹질에 맞으면 일정 확률에 의해 상대방이 번개더미에 휩싸이게 된다.

번개 치는 계곡에서 몬스터와 싸우면서 얻은 스킬!

페일도 늘 옆에 기대 놓는 활이 바뀌어 있어서, 적지 않은 소득을 거두었음을 알려 주었다.

"아, 차 향기가 참 좋네."

로뮤나는 얼굴까지 가리는 로브를 착용하고 그냥 묵묵히 앉아서 차만 마시고 있었는데, 평소에 떠들기 좋아하는 그녀의 성격을 고려하면 이례적인 일이었다.

이는 아주 크게 실패를 했거나 제대로 한탕 했거나 둘 중 하나!

'아직까지 신경질을 안 부리는 걸 보니 성공했구나.'

'뭐라도 건졌겠어.'

그녀를 잘 아는 사람들은 다행이라고 여겼다.

화령은 옷차림이 인디언 아가씨처럼 변해 있었는데, 새로운 춤을 익히고 있었던 탓이다.

그렇게 오랜만에 다들 자리에 앉아서 인사말을 나누고 나서, 마판이 묵직한 분위기로 이야기를 꺼냈다. 그들은 마판의 초대로 모라타에 있는 그의 저택에 오게 된 것이었다.

"저기, 제가 여러분을 이렇게 모시게 된 이유는… 농부로부터 헐값에 사게 된 책이 한 권 있습니다. 그걸 읽어 보다 보니 뭔가 심상치가 않아서요."

마판은 배낭에서 책을 꺼냈다.

책장의 귀퉁이가 뜯겨 나간 고서적으로, 제목은 '할메른 산의 발견물'.

"서장을 제가 조금 읽어 보도록 하겠습니다. 지금부터 시작입니다. 그러니까 나는 그다지 많은 곳을 돌아다녀 보지 못한 모험가이다. 하지만 이번에 소개할 곳만큼은 상당히 특별한 장소라고 생각한다."

 북부에 와서 내가 처음 한 일은… 도망 다니기였다. 몬스터들은 무섭고, 나를 믿고 지켜 줄 동료들은 없다. 이 책을 쓰는 지금도 동굴 속에 숨어 있지만 이것도 모험에 의한 낭만이라고 생각한다.
 그런데 왜 퀴퀴한 냄새가 나는 것이지? 제발 곰의 냄새가 아니길 바란다. 오늘 밤에 곰의 든든한 저녁 식사가 되어 주고 싶지는 않기 때문이다.
 참고로 나는 맛이 없다. 샤벨 타이거에게 팔을 물렸지만 곧 침을 흘리며 다른 먹잇감을 찾아서 떠나 버렸다. 내가 몸에 바르는 특수한 비법이 통한 까닭이다. …중략… 그리하여 길을 잃고 헤매던 중에 포비아느 나무들이 우거진 곳으로 가게 되었다.
 깊고 어두운 나무들 사이, 그 근처에서 반지 하나를 줍게 되었다.
 니플하임 제국의 명기사, 실종된 것으로 알려진 아이반슈타인의 이름이 적혀 있는 반지였다.

그 주변을 더 돌아다녀 보면 무언가 발견할 수 있을 것도 같지만 가지고 있는 식량이 떨어져서 나는 그냥 돌아 나오기로 했다.

어두운 밤에 갑자기 마주치는 굶주린 몬스터는 아주 위험하기 때문이다.

"아이반슈타인이 누군데요?"

수르카가 질문을 던졌지만, 사람들은 조용히 말이 없었다. 그들도 잘 모르고 있었기 때문. 이럴 때는 가만히 있는 게 상책이었다.

"니플하임 제국의 병사들을 데리고 이종족들을 물리치고 몬스터들의 침입을 셀 수도 없이 격퇴하였다는 기사입니다. 대도서관에 가서 아이반슈타인의 기록들도 좀 살펴봤는데, 그가 최후에 사라지기 전에는 기사의 황동판을 들고 있었다고 합니다. 니플하임 제국의 4대 보물 중의 하나죠."

"기사의 황동판에 어떤 효과가 있는데요?"

"아쉽게도 그것까지 알아내진 못했습니다. 그래도 찾아볼 만한 가치는 있을 것 같습니다."

"우리끼리요?"

"네, 그렇죠."

사람들은 서로 눈빛을 마주쳤다.

과연 이 책에 나온 이야기만 믿고 할메른 산까지 갈 것인지!

멀기도 하고, 근처에 몬스터들의 서식지도 여럿 뚫고 지나가야 했다.
 주민으로부터 퀘스트를 받아들인 건 아니지만, 이런 식으로 단서를 얻어서 모험을 하는 경우도 꽤 있었다.
"가죠."
"가겠어요."
"어디든 못 갈까요."
 중요한 결정이지만 저마다 쉽게 판단을 내렸다.
 설혹 모험에서 예측할 수 없는 어려움을 겪더라도 믿는 구석이 있었다.
'우리가 좀 힘들더라도, 위드 님은 이거보다 훨씬 더 고생하고 있을 거야.'
'위드 님이 깨는 퀘스트들에 비한다면 이 정도는 해 줘야지.'
 위드와 어울리면서 덩달아 간이 커져 버린 그들!
 일반 퀘스트들 정도로는 긴장도 잘 되지 않았다. 가끔씩 위드가 일감이 있다고 부를 때만이 정말 떨리고 흥분되는 순간이었다.

전쟁의 시대 속으로

꼬꼬댁, 꼬꼬.

이현은 닭에게 모이를 주었다.

"맛있게 먹어라."

건강하게 자란 닭들이 병아리와 함께 모이를 먹는 것을 흐뭇하게 지켜보았다.

키우는 동물들에게 먹이를 주다 보면 행복한 웃음이 절로 나왔다.

"역시 난 정말 좋은 주인이야."

닭들의 운명은 비참한 경우가 많다.

알에서 부화되면, 달걀을 낳을 수 없는 수탉들은 병아리 상태에서 그대로 폐사시켜 버리는 경우가 다반사였다. 그리고 암탉들은 몸을 움직일 수도 없는 좁은 공간에서 사료를 먹고 매일 달걀을 낳다가, 2년 정도가 지나면 죽는다.

동물들의 삶에 대해서 알수록 너무 슬프고 안타까울 때가 많다.

아마 그래서 동물을 보호하자는 운동도 있는 것이리라.

이현도 닭들이 행복하고 건강하게 자라 주기를 바랐다.

"그래서 나중에 맛있게 잡아먹어야지."

양념과 프라이드를 반반씩 섞어서 배부르게 먹었을 때의 기쁨!

마당도 청소하면서, 최근에 조금 소홀해질 수밖에 없었던 집안일을 즐겼다.

현재 진행하고 있는 퀘스트는 대륙 전체의 시간이 이현이나 서윤이 접속했을 때에만 흐르고 있었다. 그렇기 때문에 잠깐의 여유는 부릴 수가 있지만, 정상적인 베르사 대륙의 상황이 급변하고 있다 보니 한가롭게 진행하면서 아예 마음을 놓을 수는 없었다.

"저녁부터 다시 접속을 해야 되겠지. 룰루루!"

매번 일이 끊이지 않지만 자기 집이라는 생각에 콧노래를 부르며 집안일을 하는 이현이었다.

"돈을 벌자. 쑥쑥 벌자. 지난번에는 예금을 했으니 이번에는 땅을 사야지. 어느 곳이 개발이 될까. 고속도로, 전철역이라도 하나 들어와 주면 대박이라네."

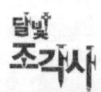

큰일을 앞두었거나, 기분이 좋을 때에 나오는 흥겨운 노래!

이현이 일을 하는 모습을 멀리 떨어진 건물의 옥상에서 망원경으로 관찰하는 무리가 있었다.

"확실히 예전과는 다르게 살 만해졌군."

"형님, 털면 제법 나오겠는데요. 사채 계약서라도 하나 찍어서 만들까요?"

"큰형님이 알아서 하실 거다. 우리 일은 그저 놈을 잘 지켜보는 거야."

명동의 사채업자들!

그들은 전쟁의 신 위드가 이현이라는 걸 알고 근처에서 관찰하고 있었다.

방송국에서 워낙 주목하고 있고, 또한 대중적인 인기도 있기에 건드리기에 만만치 않은 존재가 되었다. 그렇기 때문에 확실한 계획, 빠져나올 수 없는 함정을 파서 걸려들게 하는 수밖에 없다.

어떤 불법적인 수단을 써야 할지 모르기에 정보를 모으고자 이현의 주변을 계속 감시했다.

-띠리리리릿!

사채업자들은 꿈에도 몰랐지만, 그들이 있는 건물의 주변 하늘에는 9개의 미세한 작은 점들이 반짝이며 떠다니고 있었다.

최신형 스텔스 무인 항공기들!

유병준 박사의 인공지능이 보낸 일종의 감시용 항공기들이었다.

탐지 전파를 발사하여 사채업자들이 하는 말은 물론이고 생체반응, 행동 등을 천분의 1초 단위로 감시했다.

유사시에는 소형 항공기에 탑재된 미사일을 발사해서 사채업자들을 날려 버릴 수도 있었다.

사채업자들은 이현을 직접 감시하는 것뿐 아니라, 명동의 본사에서는 이현의 가족 관계 등을 파악하며 조사를 벌이고 있었다.

"할머니와 여동생이라. 양로원에 있는 늙은 노인네는 쓸모가 없을 것 같고. 여동생의 경우에는 인질의 효과가 있겠군."

"여동생과의 사이가 끔찍하게 좋다고 하니 납치를 하면 우리의 뜻대로 써먹기가 편하겠습니다, 실장님."

"신중해야 해. 자칫하다가는 일이 커져서 언론에 알려질 수도 있고, 만의 하나 경찰이 수사에 들어가기라도 하면 골치 아파져."

"조용히, 그러면서도 우리 말을 따르지 않을 수 없도록 확실히 처리하는 편이 좋겠지요. 그동안 벌어 놓은 돈도 꽤 있을 테니 사채 계약을 맺는 편이 유리한데 말입니다."

"재산 목록을 확인해 보니 부근 일대의 땅을 상당히 많이 사 두었답니다, 실장님."

그리고 당연히 이곳에서도 벌과 파리를 가장한 소형 안드

로이드들이 정보를 모으고 있었다.
 얼마 전에 유병준 박사는 인공지능에게 사채업자들에 대한 명령을 내렸다.

— 치워 버려. 다시는 내 귀에 들어오는 일이 없도록 처리해.

 인공지능은 사채업자들의 행동에 따라서 이 명령을 이행하기 위한 최적의 판단을 준비하고 있었다.
 그리고 결론이 나왔다.
 띠리릿!
 -위험수위 높음. 정상적인 대화로는 해결이 안 됨. 적극적인 처리 대상.

 그날부터 명동의 사채업자 조직에는 일이 정신없이 터졌다.
 "뭐라고요? 조사국장님, 그게 무슨 말씀이십니까?"
 -지금 정당한 공무 집행을 하고 있는데 무슨 말인지를 모르겠다는 이야기요. 당신들이 누구인지도 모르겠고.
 "네가 이럴 수가 있어? 지금까지 가져다 바친 돈이 얼마인데. 사람이 염치가 있으면 돈 먹은 만큼은 해야지!"

-당신네들이 어디의 누구인지 나는 들어 본 적도 없고 만난 적도 없소. 전화번호는 어떻게 알았는지 몰라도, 우린 모르는 사이이니 앞으로는 이런 일로 연락하지 맙시다. 또 연락하면 이후로 더 안 좋아질 수도 있음을 명심하시고.

　달칵!

　갑작스럽게 들이닥친 국세청과 검찰 특수부의 조사.

　꼬박꼬박 정기적으로 뇌물을 받던 정치인들과 공무원들은 도움을 달라는 요청에 한꺼번에 안면 몰수를 했다.

　"후원금이라고? 허허허. 떽! 이 사람을 보게. 요즘 시대가 어느 때인데 불법 후원금을 조성하고, 또 내가 받아 왔단 말인가! 좋은 말로 경고하는데, 밖에서도 그런 쓸데없는 소리를 하다가는 크게 당할 수 있다는 사실 명심해 둬야 할 걸세!"

　"나 권재혁이, 의원 식당 밥만 16년을 먹은 사람이야! 너희가 지금 감히 나를 협박하는 거야? 이 대한민국에서 매장당하고 싶어?"

　공권력에 의해 명동 바닥에서 상당한 입지를 다져 온 신진 금융이 밑바닥부터 흔들리는 건 순식간이었다.

　"이건… 이건, 갑자기 이렇게 될 수는 없다."

　한진섭은 처음에는 경쟁 파벌에서 일을 시작한 것인 줄로만 알았다. 하지만 그들이 잡고 있던 모든 끈이 끊어져 있었다.

　정치인, 검찰, 경찰, 국세청.

　이건 도저히 신진 금융의 영역을 노리는 일개 사채 조직이

움직여서 발휘할 수 있는 힘이 아니다.

"자료들부터 정리하자. 컴퓨터 하드디스크를 포함해서 모든 자료를 폐기해."

"하지만 이 장부들은 10억 이상의 가치가 있는데요."

"증거를 없애는 게 우선이야."

압수 수색에 대비하여 장부와 컴퓨터, 서류 등을 처리했다.

사무실을 지키고 능력 있는 변호사들을 구하기 위한 자금도 적지 않게 소모했다. 대한민국의 법은 가진 자에게 관용과 배려를 베풀기 때문에 그 점을 믿고 기다리는 수밖에 없었다.

신진 금융의 대외적인 모든 영업 활동은 불법이 아닌 정상적인 부분만을 남겨 놓았다.

하지만 검찰의 압수 수색은 무슨 영문인지 신속하게 이루어지지 않았다.

"이것들이 무슨 영문이지?"

"자금을 대 준 어르신들이 움직여 주신 게 아닐까요?"

"그랬다면 어떤 말씀이라도 있었을 텐데 아무 연락도 없다. 오히려 우리한테 자금 회수를 하고 흔적들을 지우는 데에만 혈안이 되어 있지 않나."

"방송에는 우리 일이 별로 나오지 않고 있는데… 의외로 사회적인 파장이 적어서 묻혀 버린 걸 수도 있습니다."

"확실한 증거를 잡지 못해서일 수도 있겠지."

끝까지 채무를 상환하지 못한 채권자에게는 인간으로서 벌여서는 안 될 일도 과거에는 일상적으로 많이 저질렀기에, 적발되면 끝장이었다.

그렇게 불안한 가운데 정신없이 증거들을 없애며 엿새 정도가 지났다.

압수 수색을 나오더라도 이제는 찾을 만한 자료들이 없어졌다.

신진 금융에서는 준비들을 끝낸 만큼 다소 안심할 수 있었다.

"대한민국 검찰은 기다릴 여유를 준다는 게 사실인 모양이군."

사법부가 신속하고 강하게 움직이지 않는 점에 있어서 대한민국에서 영업을 하는 보람이 있었다.

하지만 이 모든 것도 인공지능의 계획의 일부!

-1단계 완료.

-2단계 시작.

그날 저녁 한진섭과 신진 금융의 중요 인물들은 갑자기 정신을 잃었다.

집이나 회사에서, 그리고 길거리와 공중화장실에서 혼자 있는 사이에 정신을 잃었다가 깨어 보니 아주 캄캄하고 작은 방 안이었다.

"여, 여기가 어디지?"

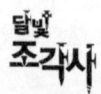

감옥이 연상될 정도로 좁은 공간에 침대와 오물을 처리하는 통, 텔레비전, 그리고 식사를 하라는 의미인지 진공포장된 채로 잔뜩 쌓여 있는 보리 빵이 있었다.

"설마 그건 아니겠지."

문득 예전에 영화에서 봤던 남자의 이야기가 떠올랐다. 어딘가에 갇혀서 15년간 군만두를 먹고 살았다는 내용이었다.

그리고 정말로 그날부터 일주일 동안, 보리 빵과 수돗물만 마시면서 살게 되었다.

"누군가… 반드시 나를 찾아 줄 거야. 조직원들 그리고 경찰들이 가만히 있을 리가 없어."

사채업자들은 날이 갈수록 부드득 이를 갈았다. 하지만 자신을 포함한 조직원들 전체가 몽땅 갇혀 있다는 사실은 모르고 있었다.

경찰들도 사채업자들에 대한 조사를 종결지었다.

뒤늦게 압수수색영장을 받아서 사무실을 급습해 보니 이미 모두 자취를 감춘 후였다.

휴대폰 기록이나 다른 흔적들을 살펴보니 범죄인인도가 되지 않는 외국으로 밀항선을 타고 사라진 것으로 되어 있었다.

🜂

이로부터 대략 열흘 전, 인터넷 커뮤니티 지식천에 글이 올라왔다.

제목 : 사채업자들을 처리하는 방법으로 무엇이 좋을까요?

작성자 : AI.BERSA

자꾸 귀찮게 구는 사채업자가 있습니다.

돈을 이미 다 갚았음에도 불구하고 끈질기게 달라붙어서 나쁜 짓을 하려고 하는데요.

말로는 설득이 안 될 것 같은데 이놈들을 어떻게 하면 좋을까요?

- 그냥 묻어 버리면 좋겠네요. 다만 갯벌에 묻어야 함.
- 에이, 농담이죠? 진짜라면 바로 경찰에 신고하세요.
- 신고해도 안 됨. 신고해서 되면 진작 살기 좋은 세상이 되었음.
- 사채업자들은 교도소 다녀와도 똑같죠. 나와서 더 괴롭힐 수도 있어요. 글 쓴 분, 조심하세요!
- 그런 놈들은 영영 회개가 안 돼요. 그냥 영원히 사회에서 격리시키는 게 최선임.
- 올드보이처럼 가둬 놓고 평생 군만두만 먹여야 됩니다.
- 찬성!
- 진리임.
- 나도 찬성!
- 군만두는 비싸요. 사채업자 주기에는 아깝잖아요. 그냥 잔반이나 줘요.

- 근데 배달하는 사람도 귀찮고요, 오토바이 기름값도 낭비되죠.

그리고 그 후에는 사채업자들을 가둬 놓고 무엇을 먹여야 좋을지에 대한 음식 목록이 주르르 떴다.

경제적이고 실용적인 방법들이 열거된 이후에 가장 많은 표를 얻은 건 보리 빵과 참치 통조림이었다.

보리 빵과 참치 통조림을 5년씩 번갈아서 지급하는 것이다.

위드는 로열 로드에 접속했다.

태양의 전사로서 824라는 레벨을 가진 무지막지한 능력자.

그 순간 다시 흐르게 된 대륙의 시간!

사막 도시 라호스는 아직 별들이 창창히 빛나고 있는 서늘한 밤이었다.

하루 동안의 여유를 서윤과 그냥 도시를 구경하고 전갈과 낙타구이 정식을 먹는 것으로 보냈기 때문에 얼마 후면 날짜가 바뀌게 된다.

"음, 조금 떨리는군."

노들레로서 폭발적인 성장을 해 왔기 때문에 이어지게 될 퀘스트도 약간은 자신이 있었다.

그렇지만 언제나 그렇듯이 방심할 수는 없다.

걷잡을 수 없이 커지는 스케일 때문에 고생한 적이 한두 번이 아니기 때문이다.

　이제 퀘스트도 절정으로 흐르면서, 제대로 뭔가를 이루어 내야 할 것만 같은 예감!

　서윤도 곧 이어서 접속을 했다.

"일찍 왔네요."

"응. 좋은 밤이군."

　위드와 서윤은 돌무더기에 앉아서 다음의 퀘스트가 이어지기를 기다렸다.

　사막의 저녁이지만 너무 춥지도 않고 분위기가 아늑했다.

　그동안 여러 가지 일이 있었지만 조각술 최후의 비기 퀘스트를 하면서 함께 보낸 시간이 길었다.

　'적당한 퀘스트만 나와 준다면… 조각술 최후의 비기를 얻고 나서 헤르메스 길드의 공격을 막아 내고, 그리고 돈을 많이 벌어서 가정을 이룰 수도 있지 않을까. 서윤한테는 가…방도 사 주면서, 도와줘서 고맙다는 말도 해야 될 것 같은데.'

　김치가 막 끓고 있는 국에 빠지기 직전이었다.

　위드는 앞으로의 자신의 인생에 대해서도 생각해 봤다.

　로열 로드의 상황이야 걷잡을 수 없도록 흘러가고 있다. 비단 전쟁의 시대에서 벌어지고 있는 퀘스트가 아니더라도, 다른 명문 길드들의 싸움은 종국으로 치달아 갔다.

　'결국 그놈들이 대륙을 먹을 것 같아.'

하벤 제국의 중앙 대륙 점령이 기정사실화!

아르펜 왕국으로 사람과 물자가 모이고는 있지만 그렇게 희망적인 상황은 아니다.

위드의 인기와 신화를 바탕으로, 그리고 북부가 급속도로 발전하면서 유저들이 좋아하고 있지만 그런 것들은 사실 정복당하고 나면 부질없는 게 아니던가.

하벤 제국이 정면공격을 감행해 와 승리를 거둔다면, 그리고 풀죽신교와 같은 단체가 어떤 유언비어에 의해 흔들리기라도 하면 끝장이다.

벌써 헤르메스 길드의 첩자들이 북부 대륙에서 활동을 하고 있다는 추측도 나오고 있었다.

중앙 대륙에서의 싸움이 마지막으로 흘러가고, 이제 그들에게 남은 것은 엠비뉴 교단과 북부다.

동부의 로자임 왕국, 브렌트 왕국은 엠비뉴 교단에 의해서 거의 파괴되었고, 서부는 크게 의미를 둘 만한 나라가 없었다. 남부는 원래 인구 자체가 미미한 수준이었지만 위드의 모험으로 인해서 급격하게 번성을 하고 있다.

위드는 어제 휴식을 취하면서 인터넷을 하며 그러한 일들이 벌어지고 있다는 걸 알고 나서 함박웃음을 지었다.

'그래도 죽 쒀서 개 주는 꼴이 될 수도 있지.'

남부가 발전했다고는 해도 로열 로드에서 가장 번화하고 유저들이 탄탄한 중앙 대륙의 우월함에는 한참 미치지 못한다.

사막 도시들이 커지더라도 하벤 제국의 군대에 의해서 하나 둘 점령되다 보면 결국 그건 위드에게 도움이 되는 게 아니라 바드레이 좋은 일.

'결국 내가 한 모든 일들이 바드레이를 위한 것들이 아닐까. 남부와 북부를 키워서 진수성찬을 차려서 입에 넣어 주는 거지.'

어쩌면 인생의 주인공 역시 바드레이일지도 모른다.

무신으로 추앙받으면서 이미 한 번의 전투도 그가 승리하지 않았던가.

대륙 연합군은 파탄지경에 이르렀고, 헤르메스 길드를 막을 세력은 나타나지 않고 있다.

위드의 자격지심이 불타올랐다.

'그놈이 나보다 나은 것도 별로 없는데. 막상 보니까 키도 한 10센티 정도밖에 안 큰 것 같았어. 내가 170인데 남자 키 180 정도면 요즘에는 별루 큰 키도 아니지. 암! 그리고 얼굴을 봤을 때… 곱고 귀하게 자란 데다 교육도 많이 받은 것 같던데.'

강렬한 눈빛과 깔끔하게 정돈된 이목구비, 엘리트의 전형 같은 바드레이의 외모.

'리더십도 상당하고… 음, 난 리더십은 별로 없지. 예전 학교 다닐 때에는 그냥 적당히 빌붙어 살았으니까. 나이도 제법 있어 보이던데… 넓은 주택과 좋은 차, 그리고 결혼도

했겠지. 은행 예금도 엄청나게 많고, 소위 말하는 있는 집 자식일 거야.'

생각이 깊어질수록 적대감보다는 부러움뿐!

현실적으로 바드레이와는 경쟁자가 되지 말고 그의 부하가 되었어야 했다.

일인지하 만인지상의 자리에서 실컷 챙겨 먹으면 좋지 않겠는가.

'인생이 활짝 피는 거였는데.'

기회를 놓치고 아쉬워하는 앞잡이의 정신!

그렇게 바드레이를 부러워하고 있을 때, 위드와 서윤의 눈앞에 영상이 보이기 시작했다.

어느 깊고 어두운 음침한 동굴!

"챠크젤이여, 물에 빠진 생쥐 꼴로 돌아오다니, 포르투에서의 일이 실패하였는가?"

"흑마법에 필요한 재료들을 충분히 모았으니 완전한 실패는 아니다."

사람은 제대로 보이지 않고 목소리만 들렸다. 하지만 최소한 둘 이상이 있다는 걸 알 수 있었다.

그들의 목소리는 낮았지만, 동굴 깊은 곳까지 울릴 정도로 힘이 있었다.

"데슨은?"

"죽었다."

"흘흘, 애지중지 키운 제자였는데 아까운 일이로군."

"이용 가치가 다해 가던 참이었다. 내 손으로 처리하지 않은 것뿐이지."

포르투의 국왕 이름이 데슨이었다.

"제물은?"

"도망쳤다. 하지만 마족을 강림시켜서 그 힘을 빼앗기 위한 계획은 아직 수포로 돌아간 게 아니다. 대륙 전체를 수색해서라도 희생양을 모으고 다시 시도할 것이다. 충분한 희생양을 구한다면 마족은 눈을 뜰 수 있을 것이다."

"내가 돕도록 하지. 싸우고 죽이는 전쟁의 시대는 우리가 원하는 만큼 계속 이어지게 될 것이다."

길고 긴 여운을 남기며 영상은 천천히 다른 곳으로 바뀌었다.

이번에는 넓고 거대한 붉은 황무지. 새가 날아가고 있었다.

곧 새의 시선에 따라서 화면이 앞으로 이동했다.

무너지고 허물어진 성벽의 잔재를 넘고, 추악하게 생긴 마물들이 우글거리는 장소를 지나쳤다.

시커먼 물이 흐르는 강에는 종류를 알기 힘든 여러 종류의 뼈들이 떠다니고 있었다.

그리고 그 너머에, 믿을 수 없을 정도로 음산한 분위기를 풍기는 신전이 나타났다.

높은 감시탑에는 인간이 아니라 켄타우로스처럼 반인반수의 마물들이 활을 들고 경계를 섰다.

 중앙부에서는 사람들이 하늘까지 닿을 것 같은 높이의 탑을 계속 쌓고 있었다.

 그것만으로도 놀라운데, 신전의 정중앙에는 높이가 200미터는 넘을 듯한 동상이 보였다.

 12개의 팔을 가진 동상!

 위드는 영상을 보며 속으로 생각했다.

 '이건 엠비뉴다!'

 또 엠비뉴 교단!

 위드와는 정말 지긋지긋한 악연으로 이어져 있는 곳이었다.

 '왜 또 나한테 나타난 거야. 나 말고 다른 놈들, 특히 바드레이나 좀 괴롭히지. 엠비뉴 교단까지도 바드레이 말고 나만 괴롭히다니, 이놈의 인생은 진짜 재수도 없구나.'

 엠비뉴 교단과 엮일 때마다 편하고 시원하게 풀린 적이 없었다.

 그런데 이번에 보이는 엠비뉴의 신전은 규모가 보통이 아니었다.

 동상이 있는 장소를 중심으로 하여 수많은 건물들이 있는 대도시를 구성하고 있다.

 그리고 하늘까지 연결되고 있는 탑, 마물들을 생산하는 건물, 영혼을 팔아서 힘을 얻는 제단도 있었다.

훈련장에서는 어린아이와 여성을 가리지 않고 광신도들이 눈에 혈안이 되어서 무기를 휘둘렀다.

생명체들, 짐승이나 곤충은 광신도들에 의해 잡혀 와서 엠비뉴의 제단을 거쳤다. 그리하여 제멋대로 몸집이 일그러지고 말을 잘 듣는 마물들로 변해 갔다.

이곳은 엠비뉴 군대의 생산 기지이며, 악의 소굴이었다.

'왠지 느낌이 안 좋아.'

화면은 다시 중앙의 동상 주변으로 가까워졌다.

"신도들이여, 이 타락하고 잘못된 세상을 정화하기 위하여 우리는 의지와 힘을 모았다."

어떤 중요한 의식이 진행되고 있는 듯, 커다란 체구의 대사제가 동상 앞에서 연설을 했다.

그가 크게 외칠 때마다 수십 개의 청동 항아리에 담겨 있는 붉은 액체가 폭발적으로 솟구치며 끓어올랐다.

땅에 엎드려 있는 수많은 인간들이 일제히 답했다.

"우오오오오!"

"엠비뉴 신이여, 우리에게 길을 알려 주소서."

묵직하면서도 살벌한, 무언가가 벌어질 것만 같은 분위기.

"엠비뉴 신께서는 우리에게 대답하셨다. 파괴하라, 파괴하라, 모든 것을 파괴하라! 너희의 노력이 나에게 닿는다면 힘을 주리라!"

띠링!

- 중요한 정보를 입수했습니다.
엠비뉴 교단에서는 탑을 건설하고 있습니다.
탑이 구름을 뚫고 하늘까지 도달한다면 그들은 엠비뉴 신의 의지와 권능을 얻어 더욱 강한 신성력을 발휘할 수 있게 됩니다.
탑의 완공까지는 197일 16시간 남았습니다.

엠비뉴 교단에 복종하는 인간들이 등에 돌을 지고 한없이 높아져 가는 탑으로 걸어갔다.

종종 힘이 다하여 비틀거리다 쓰러져 목숨을 잃는 자들도 있었다. 그러면 다른 광신도들이 돌과 시체를 가져다가 탑에 그대로 쌓았다.

혼란스럽고 불안한 세상, 꿈과 희망을 먹고 자라나야 하는 미성년자가 봐서는 안 될 지극히 무시무시한 광경이었다.

대사제가 지팡이로 땅을 내려찍으며 외쳤다.

"엠비뉴 신께서는 한없이 자비로운 분이시다! 위선자들의 세상을 물리치고, 완전한 무의 세계를 열게 해 주시기 위해 그분의 종속을 우리에게 보내 주셨다!"

"오오, 엠비뉴 신이시여!"

"잔혹한 분이시여, 저희를 벌해 주소서!"

북소리가 급하게 울리면서 광기가 신전 전체를 지배하였다.

신도들은 눈에 핏발이 선 채로 입에 거품을 물고 아우성을 쳤다.

그리고 대사제의 옆에서 서서히 나타나는 어마어마한 형체!

길고 날렵한 몸, 펼치면 100미터가 넘을 만큼 웅대하기 짝이 없는 한 쌍의 날개 그리고 위엄으로 가득한 얼굴.

가장 완벽한 조형미를 갖춘 생명체.

드래곤 아우솔레토였다.

고대의 시대. 조화와 균형을 유지하려는 다른 드래곤들과 달리 아우솔레토는 증오와 광기라는 불안정한 감정만을 갖고 태어났다.

다른 드래곤들조차도 아우솔레토와 가까이하지 않았다.

아우솔레토는 성체가 된 이후에 오크들을 조종하여 평화로운 엘프의 숲을 태우고 인간 세계를 침략했다.

나중에는 본신의 힘으로 직접 전쟁에 뛰어들기까지도 하였지만 다른 드래곤들과 신의 힘을 빌린 인간 성직자, 하이엘프들에 의하여 봉인되었다.

그리하여 붙게 된 이름이 혼돈의 드래곤 아우솔레토.

엠비뉴 교단에서 봉인을 해제하고 혼돈의 드래곤을 손에 얻기 위해 투입한 물량은 상상을 초월했다.

사제들이 스스로의 영혼과 육신을 희생하고, 기껏 모은 엠비뉴의 성력을 아우솔레토의 봉인을 해제하는 데 사용했다.

이제 아우솔레토의 육체에는 어떠한 제약도 없어졌다.

드래곤 아우솔레토는 마치 석상처럼 날개를 접은 채로 눈을 감고 가만히 있었다.

하지만 드래곤다운 묵직한 분위기와 위압감은 말을 하는 것보다도 더했다.

드래곤의 무력이란 악룡 케이베른을 통해서도 가끔 드러난다. 하루아침에 산맥 전체를 불태우고 소멸시켜 버리는 대파괴의 현장을 만들어 낸다.

드워프들에게 케이베른은 넘을 수 없는 산 그 자체였다.

인간들로서도 아직까지 드래곤은 범접하지 못할 존재, 아무리 인원이 많더라도 드래곤을 사냥감으로 생각하진 못한다.

실제로 대규모의 인원이 드래곤 레어로 접근한다면 마법에 걸린 몬스터 군단이 일어나서 1차로 막을 것이다.

평범한 몬스터와는 다르게 드래곤은 복수를 아는 존재이기에, 공격을 한 길드나 왕국은 두고두고 후환도 걱정을 하지 않을 수 없다.

엠비뉴 교단은 드래곤 중에서도 강했던 혼돈의 드래곤 아우솔레토의 봉인을 찾아서 꺼낸 것이다.

횃불들이 일렁일 때마다 아우솔레토의 몸에는 음영이 지고 그림자가 길어졌다.

"엠비뉴 신께서 우리에게 내려 준 드래곤의 영혼을 장악하기 위해서는 힐로인의 의식을 치러야 한다. 아직 때 묻지 않은 신성한 축복을 받은 어린 아기들이 필요하다."

"오오오, 엠비뉴 신의 눈과 귀가 되어 구하겠습니다."

"더 죽이고 파괴하라. 그리하여 드래곤의 영혼을 바꿀 수 있는 가장 깨끗한 아이들을 데려오라!"

광신도들은 마구 소리를 지르면서 환호했다.

○

"으음."

영상을 보는 짧은 시간 동안 위드는 무수히 많은 생각을 했다.

'남들은 로열 로드에서 적당히 놀면서 즐겁게 잘 지내는데 왜 내게는 자꾸 이런 일들이 벌어지는 걸까. 대륙의 평화나 엠비뉴 교단의 음모 같은 건 전혀 관심도 없는데.'

어릴 때, 열두 살 무렵이었을 것이다.

지하도에 앉아 있던 점쟁이가 그의 얼굴을 보고 땅이 꺼져라 한숨을 크게 쉬며 말해 왔다.

"쯧쯧, 만 명의 몫은 하겠구나."

그때 이현은 발길을 멈추고 그 점쟁이에게 말뜻을 물었다.

"제가 앞으로 만 사람의 몫이나 되는 큰돈을 버는 건가요?"

"아니야. 만 명이 할 일을 혼자 해야 돼. 관상을 보면, 꼬이고 꼬여서 흙탕물은 다 모여들 거야."

"설마요."

"그걸 헤쳐 나가려면 보통의 고생으로는 안 되겠지. 흘흘. 먹구름이야, 먹구름. 세상의 험한 일들은 다 몰려오겠구나."

지금 와서 돌이켜 보면 아무래도 그 점쟁이가 제법 용한 것 같았다.

영상이 끝나고 위드는 잠깐 현실도피도 했다.

'아닐 거야. 아닐 거야. 아닐 거야. 드래곤은 얼굴 마담이고, 그냥 고블린이나 소탕하고 말겠지. 암, 바드레이만으로도 무거운 짐인데 엠비뉴 교단에 혼돈의 드래곤까지 짊어져야 하다니, 그럴 리가 없어.'

띠링!

세상을 위한 길

노들레는 사막에서 자신의 힘을 일깨웠고 이제 힐데른의 저주를 풀기 위하여 중앙 대륙으로 건너간다.
하지만 중앙 대륙은 여전히 전쟁의 소용돌이에서 빠져나오지 못하고 있었다.
왕가들은 시작과 끝을 알 수 없는 원한과 욕심으로 군대를 일으켰다.
그리고 그 속에서 자라나고 있는 대륙 최대의 사교 집단 엠비뉴 교단!
그들의 총본영에서는 대륙을 파괴하기 위한 병력을 결집시키며 대전쟁의 마지막 단계를 준비하고 있다.
혼돈의 드래곤을 뜻대로 부리기 위해서는 크고 맑은 영혼의 씨앗을 필요로 한다.
그들은 앞으로 닥치는 대로 어린 아기들을 납치할 것이다.
영혼의 씨앗 10만 개가 모이게 되면 아우슬레토는 깨어나게 된다.
이에 대한 정보를 입수한 성자 아헬른은 종족을 넘어서 믿을 수 있는 동료들과 함께 엠비뉴 교단을 습격할 계획을 세웠다.
그가 무모한 계획을 실행에 옮겨 죽임을 당하기 전에 만나야 한다.

> 정해진 기간 내에 아헬른을 만나지 못하면 힐데른의 몸에서 마족이 깨어나게 될 것이다.
> **난이도** : 조각술 최후의 비기 퀘스트
> **퀘스트 제한** : 남아 있는 시간 3개월.
> 　　　　본인이나 힐데른, 아헬른의 사망 시에는 퀘스트 실패.
> **주의** : 노들레의 역할을 다하지 못하고 퀘스트가 끝났을 시에는 대륙이 그만큼의 피해를 입게 될 것입니다.
> 　　마족의 깨어남, 혼돈의 드래곤의 지배, 엠비뉴 교단의 세력 확대가 연속된 퀘스트의 결과에 따라 달라지게 됩니다.

"으음!"

위드는 침음성을 삼켰다.

"솔직히 드래곤 정도가 나올 수도 있으리라고 예상은 했지만······."

복권을 사면 당첨이 안 되는데 왜 이런 안 좋은 예상은 정확히 들어맞는단 말인가.

엄밀히 말하자면 아직까지는 거창하게 혼돈의 드래곤과 싸워야 하는 건 아니다. 드래곤은 깨어나지 못한 상태이고, 엠비뉴 교단을 습격하기 전에 아헬른만 만나면 된다.

"근데 그게 끝은 아니겠지."

물론 일이 그렇게 간단히 진행되면 얼마나 좋겠는가.

유치원생들이 읽는 동화의 엔딩처럼, 멋진 왕자를 만나서 신데렐라가 행복하게 살았다는 식으로 마무리될 리가 없다.

그 뒤로 맨날 남편의 불륜에 시부모와의 다툼, 시누이의 구박, 말 안 듣는 자식 등으로 고생하며 살지 않겠는가.

깊은 수렁에 발이 빠져든 것처럼 결국에는 아헬른의 동료들과 함께 엠비뉴 교단과 적극적으로 싸우게 될 것이다.

"전쟁의 시대에서 엠비뉴 교단의 세력은 어마어마하군. 드래곤까지 깨운다면 정말 말할 것도 없겠지."

위드는 역사서에서 노들레와 힐데른에 대한 설명을 자세히 찾아내지도 못했던 점을 떠올렸다. 또한 전쟁의 시대에 이렇게 대단한 엠비뉴 교단의 준동도 기록되어 있지 않았다.

"대륙의 피해 없이 전부 아헬른과 노들레의 모험으로 막아 냈기 때문이겠군. 그 임무가 나한테 이어지게 된 거고."

엠비뉴 교단이 얼마나 무서운지는 겪어 본 사람들만이 안다.

원래의 시간대에서도 하벤 제국을 제외한 다른 지역들에는 엠비뉴 교단의 신도들이 상당히 많이 퍼져 있었다. 도시와 마을이 파괴되고, 수만 명의 광신도 군대들이 돌아다닌다.

독버섯처럼 자라나서 베르사 대륙을 뒤덮으려고 하고 있는 상태다.

만약 위드가 퀘스트를 실패한다면 그렇지 않아도 강력해지고 있는 엠비뉴 교단에 큰 선물 두 가지, 탑과 혼돈의 드래곤을 안겨 주게 되리라.

이는 수많은 유저들에게는 재앙과 같은 일이었다.

"뭐, 그렇게 된다고 해도 어차피 나야 손해 볼 건 없지만."

도덕심으로 철저히 중무장한 영웅들과 위드는 기본적인 생각 자체가 달랐다.

욕이야 먹거나 말거나!

어쨌든 간에 깨어날지 모를 마족도 그렇고 엠비뉴 교단의 경우에도, 주로 사건이 벌어질 장소는 중앙 대륙이다.

이 땅에서 일어날 수 있는 나쁜 것들은 몽땅 벌어진다고 해도, 형용할 수 없는 피해를 입게 되는 건 아마도 중앙 대륙의 왕국들이 아니겠는가.

특히 대륙 연합군을 격파하여 최고의 성세를 구축하고 있는 하벤 제국도 그 여파로 인하여 얼마나 망가지게 될지 모른다.

마족과 엠비뉴 교단.

이 둘 모두를 상대하는 건 정말 끔찍한 일이 될 것이기 때문이다.

위드가 퀘스트를 실패한다면 그다음에 이 사태를 감당해야 할 사람은 헤르메스 길드와 바드레이가 되리라.

이제야 입가에 맺히는 한 줄기 안도의 미소.

"고생한 보람이 있었어. 퀘스트를 실패하더라도 배는 안 아프겠군. 묵은 체증이 확 풀려 버리겠어."

헤르메스 길드에서는 전략적인 치밀한 사고를 바탕으로 정책들을 시행해 나갔다.

풍부한 자원, 충분한 생산 거점 마련, 주민들을 쥐어짜 내서 넉넉한 재정 확보, 군사시설 고급화, 도로를 통한 이동망 개선.

라페이를 중심으로 한 지휘 체계는 경영과 전략의 교과서라고 할 수 있을 만큼 합리적으로 돌아갔다.

"하베스크에 군대 4만 파견. 14일까지 점령 가능."

"롬 지역에서는 진군을 멈추고 병력을 재정비하라. 전장 지휘관의 보급 요청은?"

"아직 없었습니다."

"숲을 통과해야 하니 마법 무기 여유분을 보내 주도록."

"보급로를 확보하여 19일까지 도착할 수 있도록 노력하겠습니다."

방대한 군사 지원을 바탕으로 적들보다 우위를 점했다.

대륙 연합군은 루비돔 산맥에서의 패전 이후로 병력을 수습하고 다시 지휘 계통을 가다듬어서 도전을 해 왔지만 연전연패!

경험 많은 병사들의 사망은 전투력을 심각하게 약화시켰을 뿐만 아니라 소속 길드들의 이탈로 세력도 감소했다.

이때를 놓치지 않고 헤르메스 길드에서는 만만한 몇몇 길드에 동맹 신청을 했다.

말이 동맹 신청이지 실제로는 하수인이 되라는 의미였다.

"승산도 없이 하벤 제국에 대항하느니 차라리 지금이라도 고개를 숙이고 들어가는 편이 낫지 않겠습니까?"

"투항하고 들어가면 제국 내에서 활동할 수 있도록 허락해 준다고 합니다만."

"전쟁배상금을 지불하더라도 하벤 제국의 편에 서야 됩니다. 그들의 군대에 속해서 공적을 세우면 오히려 지금보다 더 나을 수도 있어요. 카멜롯 길드는 점령군의 선봉에서 활약하고 나서 성을 2개나 얻었다는군요."

연합군의 와해로 하벤 제국의 대륙 점령 속도에는 한층 탄력이 붙었다.

제국군이 진군을 하면 싸워 보지도 않고 백기가 내걸리는 경우도 흔히 있었다.

하벤 제국에 대한 인식이 안 좋기 때문에 치안을 확보하는 일에 다소의 시간이 걸릴 뿐, 파죽지세로 대륙을 점령해 나갔다.

그라디안 왕국의 완벽한 점령, 노튼 왕국 함락, 네스트의 주요 도시 장악!

방송국들은 이 소식을 곧바로 전하였다.

"하벤 제국군을 본 드로겐 성에서는 성문을 열고 투항 의

사를 밝혔습니다."

"며칠 전까지 결사 항전의 의지를 보이던 네피아드 요새에 백기가 내걸렸습니다. 하벤 제국군과의 싸움을 포기한 모양이군요."

방송국들은 하벤 제국의 위세를 더욱 크게 띄워 올려 주었다.

제국군에게는 무적의 군대, 패자의 군대라는 새로운 별명도 붙었다.

헤르메스 길드의 수뇌부에서는 새로운 명령을 내렸다.

"지금부터는 군대를 둘로 나눈다. 점령군을 일차로, 전투 자원을 집중시킨다. 그리고 후속 병력은 예비대로 편성하여 점령 지역에 대한 제국화 작업을 진행한다."

영토가 넓어지다 보니 정복 사업보다도 관리가 더욱 큰 부분을 차지했다.

대륙 정복 작업은 원활하게 이루어지고 있었고, 연합군은 크게 뭉쳐서 바드레이와 중앙군에 맞서지 못하는 형편이었다.

토르 왕국 아이언로드의 가세는 하벤 제국에 확실한 날개까지 달아 주었다.

명장의 반열에 오른 드워프 대장장이들이 만든 무기는 전장에서 위력을 뽐냈고, 방어구들은 일반 병사들이 화살에 입는 피해를 거의 무시할 정도로 줄여 주었다.

"토르 왕국은 아이언로드를 내세워서 내부적으로 흡수할

방법을 고려해 보는 게 좋을 것 같아. 그리고 엘프들은 아직 아무런 연락이 없나?"

"예. 전쟁에 참여하지 않는 종족적인 성향 때문인지 잠잠합니다."

엘프들은 성향상 도시를 건설하거나 성채를 짓지 않는다. 큰 숲에서 많이 몰려 살기는 하지만 그들끼리 지배권을 다투진 않는다.

그런 분위기로 인하여 엘프 종족을 선택한 유저들도 전쟁은 남의 일처럼 여겼다.

중앙 대륙이 전란에 휩싸이고 나서도 엘프들은 자유로웠다. 명문 길드들이 지배하던 도시와 성채에서도 굳이 세력을 이루지 않는 엘프들은 건드리거나 간섭하지 않았다. 그러한 이유로 엘프 유저들이 많이 늘어나기도 했고, 이젠 무시할 수 없을 정도가 되었다.

"엘프들은 계속 내버려 두실 겁니까?"

"아니. 엘프의 숲 중에서 드래곤이나 수호령의 보호를 받지 않는 곳들을 골라서 군대를 진입시킨다."

"숲이라서 엘프들에게는 천연의 요새가 됩니다."

엘프들은 나무의 도움을 받을 수도 있었으며, 높은 자연 친화력을 이용해 정령들을 동료로 부른다. 휘어지는 화살로 인하여 숲 속에서는 레인저 이상의 활약을 펼쳤다.

"도끼병들을 차출하여 나무들을 모두 베어 버리면서 진군

하도록 하고, 저항이 심할 경우 숲을 전부 태워 버려도 좋다. 후한 보상을 내걸고 악명을 감수할 수 있는 자원자들을 모집하는 게 좋겠지."

"알겠습니다. 조치하겠습니다."

하벤 제국이 일으키는 전쟁의 소용돌이가 엘프의 숲으로도 향했다.

"휴우, 여기까지 오니까 조금 살 것 같네."

"조심해서 가자. 사람들도 믿을 수가 없어."

초보 유저 30명가량이 조심스럽게 주변을 살피면서 숲 속에서 나왔다.

그들은 지금은 망한 도시 크레아의 유저들이었다.

딱 이틀 정도 만에 접속해 보니 마지막에 종료했던 분수대 주변은 전부 폐허로 변해 있었다. 건물들은 불타거나 무너진 흔적들만 남았으며, 거리에는 시커멓게 변한 시체들이 쌓여 있었다.

한낮임에도 불구하고 하늘을 온통 뒤덮은 먹구름으로 인해 저녁처럼 어둡고 쌀쌀한 바람이 불었다.

아우우우우우우!

그리 멀지 않은 곳에서 울고 있는 늑대.

가히 공포 영화 속의 한 장면 같은 삭막한 분위기였다.

"이쪽이에요. 오세요!"

"늑대들이 냄새 맡기 전에 빨리 숨어요."

뒤늦게 들어온 크레아의 유저들은 먼저 있던 사람들과 합류했다.

그들은 미처 피난 가지 못했거나 마찬가지로 뒤늦게 접속한 이들이었다.

"여기가 왜 이렇게 변했어요?"

"모르셨구나. 엠비뉴 교단이 싹 쓸고 갔어요."

"아, 나 무기점 상점 주인이 내건 퀘스트 끝내고 보상 못 받았는데."

"포기하세요. 상점 주인은 식인종으로 변해 버렸으니까요."

"여관집 종업원은요?"

"지금 살아남은 주민 자체가 몇 명 안 돼요. 그나마도 광신도로 변한 자들이 대부분이고요. 퀘스트는 다 망했다고 보면 되니 그런 데 미련 가지지 말고, 살기 위해서는 서둘러서 엠비뉴 교단이 장악하지 않은 다른 안전한 도시로 빠져나가야 합니다."

대부분의 그룹이나 파티가 그렇듯이 이곳에서도 워리어가 대장 역할을 했다.

"자랑은 아니지만 제 레벨이 230 정도거든요. 늑대들은 아무것도 아닌데……."

"전 300이 넘어요. 근데 엠비뉴 교단이 차지한 지역에서는 몬스터와 마물의 성장 속도나 힘이 보통이 아니거든요. 생명력이나 체력은 그대로이더라도 힘이 세고 독까지 있어요. 그리고 싸우는 중에 광신도들이 몰려들면 끝장이에요."

"밤이 되면 도망갑시다."

이야기를 나누는 중에도 크레아의 유저들은 계속 접속을 해 하나 둘 합류했고, 그들은 우물 밑의 공간에 숨었다.

우물물마저도 말라붙어서 공간은 충분히 남았다.

"엠비뉴 교단이 북쪽으로 올라갔으니 남쪽으로 가요."

"그렇게 합시다. 다들 소리 내지 말고요."

저녁이 되고 나서 30명 정도의 무리가 엠비뉴 교단과 반대편으로 이동했다.

늑대들의 울음소리가 들려오거나 비틀거리면서 걸어 다니는 광신도들이 나타날 때마다 바위 뒤에 모습을 숨겼다.

스릴 만점의 흥분되는 일이었지만, 엠비뉴 교단에 대하여 우려하지 않을 수 없었다.

'계속 이렇게 되어도 되는 거야?'

'아, 베르사 대륙에 평화는 언제 찾아올까.'

유저들은 최대한 은밀하게 이동하여 안전지대로 빠져나왔다.

도시 일렉.

"엠비뉴! 엠비뉴만이 우리를 구원할 수 있습니다. 파괴하십시오. 주변에 있는 모든 걸 죽이고 파괴해야만 스스로를 구할 수 있습니다!"

"이성이 지배하던 지금까지의 시대는 이제 끝났습니다. 광기와 분노가 우리를 자유롭게 합니다. 우리를 고통스럽게 하던 모든 것들에 대해 응징을 하여야 합니다. 엠비뉴의 이름을 믿으십시오!"

하지만 이곳에도 엠비뉴 교단의 신봉자들이 도시를 배회하고 있었다.

도시의 병사들은 그들을 볼 때마다 잡아서 가두었지만, 또 새로운 신봉자들이 어디선가 계속 나타난다.

"엠비뉴 교단의 군대가 이쪽으로도 향하고 있다는 소식이래."

"그래? 그럼 어디로 가지?"

"살아남으려면 어디로든 가야지."

유저들은 엠비뉴 교단을 피해서 계속 이동했다.

세계를 구하는 용사

위드는 아헬른을 만나러 가기 전에 사막 도시 라호스에서 부하들을 중무장시키기로 했다. 어쩌면 그다음에는 엠비뉴 교단과의 전면전이 벌어질지도 모르기 때문이다.

"돈 생각하지 말고 필요한 게 있다면 마음껏 골라라."

그동안 사막 전사들은 전리품으로 습득한 무기나, 위드가 쓰다가 쓸모없어진 물건들을 넘겨받아야 했다. 그래도 상당수의 전사들이 그럭저럭 좋은 무기들로 무장하고 있었지만, 일부는 도저히 수준에 맞지 않는 물건들을 착용한 채 싸워 왔다.

기초적인 물자들도 없어서, 전문적으로 활을 익힌 사막 전사는 화살이 떨어지면 구경만 하면서 따라다녔다.

퀘스트로 인해 위드가 대장장이 스킬을 쓰지 못했을 뿐만 아니라 몬스터들의 수준이 워낙에 높다 보니 그나마 가진 장비들도 곧잘 깨졌지만, 그러려니 하고 감수하고 계속 싸워야 했다.

위드는 좋은 물건이 있으면 혼자 쓰면서, 부하들에게는 강인한 정신과 육체를 강조하며 지금까지 다녔던 것이다.

"저는 창이 필요합니다."

"사도록 해."

"화살을 넉넉히 가졌으면 좋겠습니다."

"얼마든지 골라."

"엘프 화살로 고르고 싶습니다. 비싸지만 그게 좋거든요."

"으음, 원하는 만큼 사라. 그 정도를 못 해 주겠느냐."

위드는 대대적인 지출을 감수했다.

퀘스트와 사냥으로 획득한 보석들의 대방출!

레벨이 높다 보니 보통은 갈 수 없는 사냥터들을 경험해서, 지금 가진 보석류들만 해도 어마어마했다. 고슴도치만 한 호박, 사과만 한 오팔 등 가치가 이만저만 나가는 보석들이 아니었지만 눈물을 삼키며 다 내놓았다.

보통 다이아몬드가 아니라 무결점의 다이아몬드, 색상이 제대로 나온 에메랄드 등은 따로 배낭에 넣어 두고 있었다.

잘만 가공한다면 충분히 왕실의 보물도 될 수 있는 보석들!

"이걸 처분할 시간이 왔구나. 이런 기분이 자식이 결혼할

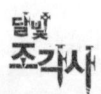

때 혼수를 해 줘야 하는 부모의 심정일까?"

부하들이 필요한 물품들을 고르는 사이 위드는 조각술로 보석을 정교하게 세공했다.

어차피 지금 퀘스트를 마치고 나면 원래의 세상으로 가지고 돌아가지는 못할 물건 같았으니 부하들에게 미련 없이 쓰기로 한 것이다.

띠링!

―보석 세공이 끝났습니다.
고급 조각술 스킬은 보석을 정밀하게 깎아 냅니다.
둥그런 달걀을 표현한 보석!
투명한 내부에는 형형색색의 꽃을 조각해서 넣어 두었다.
한 바퀴를 굴리면서 보면 다채로움과 무늬와 색감을 이어서 감상할 수 있음.
조각사의 불가사의한 기술력에는 감탄이 나올 수밖에 없을 정도이다.

―보석의 가치가 2.6배 오릅니다.
보석은 시간이 지남에 따라 희소성으로 인해 가치가 오르기도 하고, 명성이 높은 인물이 착용할수록 가격이 높아지게 됩니다.

―조각술 스킬의 숙련도가 증가합니다.
보석 세공으로 명성을 154 얻으셨습니다.

위드는 생각해 두었던 보석 작품들을 망설임 없이 만들었다.

그동안 조각술 최후의 비기 퀘스트를 하면서 모험이나 생존에 급급하다 보니 여유롭게 작품을 만들 기회가 없었다. 지금도 험한 퀘스트를 앞두고 있지만, 보석의 원석을 얻고 나서 내내 상상했던 형상들을 깎아 냈다.

"이번에는 보석으로 된 잔을 한번 만들어 봐야지. 잔 안에 와인이나 물, 뭘 담더라도 그 빛깔이 매우 예쁠 거야. 빛을 놓치지 않기 위해서는 상당히 까다로운 작업이 될 것 같은데. 그래도 시도해 볼 가치가 있겠어."

진귀한 보석들을 이용한 세공품들이 탄생했다.

위드가 작품을 만들 때마다 사막 전사들과 도시의 주민들이 놀라는 모습을 볼 수가 있었다.

"대제님에게 이런 면모가 있었다니… 못하시는 게 없으시군."

"우리에게 욕을 하지 않고 묵묵히 작업만 하시는 건 처음 보는 것 같아."

"과연 사막의 영웅!"

보석을 세공할 때에는 주변에서 무슨 말을 하든 들리지 않을 정도로 집중했다.

너무나도 아까운 보석들.

돈의 가치도 물론 중요했지만, 이런 보석들은 지금 위드의 레벨이 아니고서는 구하기도 어려운 물건들이었다.

그것도 여러 색의 크고 작은 보석들이 있어서 만들 수 있는 건 무궁무진했다.

보석 상자에 창문 사이로 들어온 빛이 비치면 그 영롱한 빛깔은 정신을 잃게 할 정도였다.

'그러고 보니 서윤에게 변변한 선물도 못 해 줬지.'

위드는 원래 시간으로 돌아가면 사라질 아이템이라고 생각하고, 사파이어와 다이아몬드를 엮어 목걸이를 만들고 귀걸이를 깎았다.

대륙에 총 92개뿐인, 정말 귀한 수호자의 다이아몬드를 아끼지 않고 60개나 써서 만든 보석 작품이었다.

서윤이 퀘스트를 물심양면으로 도와준 고마움을 잊고 있었던 건 아니다. 그리고 어차피 사라질 보석이라고 여기고 있었기에 조금 과한 선물을 하기로 한 것이다.

"받아."

그녀가 만약 부담스럽다며 거절이라도 하면 받아 달라고 설득할 말들도 생각해 놓고 있었다.

"고마워요."

"……."

"예쁘네요."

"아니, 뭐, 귀하거나 부담스러운 물건이라고 해서 어려워한다거나……."

"잘 쓸게요."

"……."

서윤은 위드가 주는 선물이라면 가격을 떠나서 무엇이든

소중했다.

그녀는 목걸이와 귀걸이를 받아서 바로 착용했다.

보석의 옵션으로 기품, 명성, 매력을 크게 높여 주는 효과!

피부 톤이 조금 더 밝아지고 잔주름도 개선되었다. 모공 축소와 블랙헤드 제거는 기본.

가히 마법 아이템과도 같은 효과라서, 여성 유저들이라면 보석에 민감하지 않을 수가 없었다.

이미 완벽한 아기 피부를 가진 데다 그 자태가 형용하기 힘들 정도로 예쁜 서윤이었지만, 화려한 목걸이와 귀걸이도 너무나도 잘 어울렸다.

보석들이 광채를 뿜어낸다고 해도 어색하지 않으며, 그녀에게는 그냥 있어야 했던 것처럼 자연스러웠다.

서윤은 부유한 왕국의 귀한 공주님처럼 보일 정도였다.

영화와 드라마에 나가더라도 무조건 주인공을 맡을 수밖에 없으며, 어떠한 나쁜 짓을 저질러도 남자들에게는 무조건적인 옹호를 받아야 하는 외모.

'괜히 줬어.'

위드는 주고 나서 아까워서 후회를 했다.

'보석 몇 개는 빼고 주는 건데.'

서윤이 착용한 걸 보니 너무 완벽하게 잘 만든 목걸이였다. 빛나는 보석들이 찰랑이는 걸 보면 눈길을 빼앗길 수밖에 없다.

그 후에 그녀의 얼굴에까지 시선을 옮기고 나면 깊은 한숨과 함께 같은 공기를 마시고 살아간다는 이유만으로 조물주에게 감사하는 마음이 든다.

'정말 잘 어울리고 예쁘기는 해. 이래서 여자들에게 선물을 하는 건가? 서윤이 내 여자 친구라면… 으음, 그런 무리한 상상을 할 필요는 없겠지. 자본주의사회에서 예쁜 여자란 곧 지출이니까.'

순수한 마음으로는 극복하기 어려운 현대 자본주의사회!

예전에 서윤과 밥을 사 먹고 그 이후에 엄청난 가격의 커피를 마셨던 충격의 여파가 아직도 사라지지 않았다.

하지만 위드의 정신세계를 붕괴시킬 만한, 부하들의 물품 구입 대금 지급이 남아 있었다.

"674만 골드입니다."

"뭐요?"

"대제님, 674만 골드가 나왔습니다."

"어떻게 그런 엉터리 같은 가격이 나올 수가 있지? 네가 나를 능멸하는 것이냐!"

"전사님들이 고급품들을 선호해서요."

그동안 착용하지 못했던 어깨 보호대를 차고 기뻐하는 전일이, 그리고 새로운 허리띠를 두른 전삼이.

조각 생명체들과 사막 전사들은 각자 1개 이상씩을 챙겼는데, 레벨이 높다 보니 그 수준도 대단한 것들이었다.

사실 어지간한 도시의 상점에서는 600만 골드가 넘는 물건을 판매하는 것 자체가 불가능하다.

 그런데 이곳은 서윤이 발전시킨 사막의 도시 라호스였다. 사막 용병 길드의 본점이 이곳에 있으며, 모여드는 용병과 전사도 엄청났다. 그래서 이곳의 중앙 무기점과 방어구점은 합이 600만 골드가 넘는 특별한 마법 물품들도 넉넉하게 갖추고 있었던 것이다.

 "평생 바가지를 당하지 않으려고 그렇게 조심하면서 살아왔건만 부하들의 충동구매로 이렇게 뜯기다니."

 푸념이 나왔지만, 그나마 이것도 믿기 어려울 정도의 싼 가격이었다.

 사막의 은인이며 패자인 위드가 구입을 한다 하니 상인들은 정식 가격의 절반 이하로 원가를 밑도는 금액에 판매 가격을 정했다. 물품들을 가져온 교역 상인들과 대장장이들도 즐거운 마음으로 손해를 감수하면서 판 것이다.

 사막 전사들 개인적으로는 1만 골드가 넘는 물건을 하나씩만 하더라도 엄청난 금액이 나올 수밖에 없다.

 "조금 기다려 주시오."

 위드는 남은 사파이어들을 이용하여 서클릿을 만들었다.

 예술적 가치 3,600.

 빙계 마법을 강화시켜 주고, 사막에서는 착용한 사람을 시원하게 해 주는 효과를 가졌다.

"그런 푼돈 따위는 가지고 있지 않아서 거래를 하기가 곤란하군. 자, 이 보석 세공품이면 얼마나 하겠는가?"

그리고 높은 가격을 쳐주길 간절히 원했다.

상점 주인은 보석 감정을 해 보고 나서 대답했다.

"대제님께서 직접 세공하신 보석 장신구라니 이보다 더 놀랍거나 영광일 수는 없습니다. 이런 보석의 거래 가격은 시기에 따라서 차이가 많습니다. 그러나 대제님이 만드셨다는 것만으로도 사막의 대상들과 부족의 우두머리들은 대대로 물려주기 위해 만금을 주고서라도 원할 것입니다. 이 보석 서클릿이라면 300만 골드, 아니 335만 골드를 쳐 드리겠습니다."

장식용으로는 엄청난 금액이었지만 그럼에도 불구하고 물품의 구입비에는 모자랐다.

퀘스트를 하면서 모은 돈도 상당했다. 던전들을 휩쓸면서 좋은 아이템들을 얻기는 했지만, 장비들은 대부분 본인이 직접 쓰거나 사막 전사들이 사용했다.

그렇기에 장비를 처분할 수가 없어서 지금까지 항상 돈에 쪼들릴 수밖에 없었다.

서윤이 용병 길드를 장악하여 도와주지 않았더라면 빈곤함 때문에 이만큼 성장하지 못했을 수도 있다.

"이것도 팔겠다."

위드는 제일 먼저 세공한 보석 지팡이도 꺼내서 내놓았다.

마법을 부여할 수도 있는 커다란 마정석이 박혀 있는 지팡이로, 예술적 가치는 4,150.

사파이어 서클릿에 비교하여 보석들이 훨씬 많았다.

중앙 대륙에서 필요하면 군자금으로 쓰려고 했던 보물이다.

"이 물건이라면… 취급하게 되면 우리 상점의 명성이 늘어서 부유한 손님들이 많이 방문할 것 같군요. 그 가치를 봐서 360만 골드. 하지만 대제님께서 거래하신다면 387만 골드를 드릴 수 있습니다."

"그 물건이 귀한 것인데. 흠흠."

체면이 상하더라도 한 번 정도의 흥정은 기본이었다.

"물론 압니다만, 이 이상의 금액은 상점에서 이득을 남기고 처분하지 못할 수도 있습니다. 저희의 입장도 고려해 주시지요."

흥정 실패!

상인도 이미 최대한 높여 준 금액이라서 위드는 그냥 이쯤에서 거래를 하기로 했다.

부하들이 챙긴 물건들을 모두 내려놓고 나갈 수도 없지 않은가. 체면은 상관이 없지만 충성도가 떨어진다는 것이 문제였다.

"그렇다면 사파이어 서클릿과 보석 지팡이를 너에게 팔도록 하지. 대단한 영광인 줄 알라. 그리고… 웬만하면 30골드만 더 쳐주게."

"알겠습니다, 대제님!"

띠링!

> －대규모의 보석 세공품 거래를 하셨습니다.
> 상점 주인은 이런 큰 거래를 성공시킨 사람에 대해 호감을 갖게 될 것입니다.
> 라호스 중앙 상회의 중요한 단골손님이 되셨습니다.
> 필요한 물품을 특별 주문할 수 있습니다.
> 주문한 물품은 라호스 중앙 상회의 인맥을 통해서 구하게 될 것입니다.
> 물품에 대한 소문이나 정보를 들을 수 있습니다.

> －매력이 2 증가합니다.
> 명성이 보석의 가치만큼 높아집니다.
> 부유함에 대한 소문이 나서 도둑들이 당신에게 관심을 갖게 될 수도 있습니다.
> 라호스의 도시 명성이 2 증가합니다.

48만 30골드의 거스름돈은 자잘한 보석으로 받았다.

전칠이 순진무구한 눈으로 말했다.

"대제님, 아직 더 사고 싶은 게 있는데요."

"…사라. 단, 내가 가진 돈을 초과하진 않도록 해라."

사막의 대제이며 최초로 탄생한 전설인 태양의 전사에게는 푼돈으로 여겨져야 할지 모르지만 그렇지 않다는 점이 슬펐다.

'그래도 부하들을 챙겨 주고 나니 약간은 뿌듯하군. 굳이 비유하자면 호두과자 20개들이 한 봉지를 샀는데 21개가 들

어 있는 기분이랄까.'

 조금 돈을 잘 쓴 것 같은 기분!

 물론 이렇게 물품을 사 준 만큼 중앙 대륙으로 건너가고 나서 몇 명이나 다시 사막으로 돌아올 수 있을지는 미지수였다.

 그때 서윤이 가지고 있던 배낭을 열었다.

 "이거 제가 번 돈인데, 부하들을 위해서 쓰세요."

 "그럴 필요 없어. 부하들은 내가 챙겨 주는 걸로 충분하니 과자나 사 먹어."

 위드는 내내 도시를 떠나지 않은 그녀가 모아 봐야 얼마나 모았을까 싶었다. 그리고 돈이 필요할 때마다 그녀가 계속 대 주었지 않은가.

 "그래도… 돈은 얼마나 있는데?"

 "2,000만 골드가 조금 넘어요."

 "헉!"

 "용병 길드 운영 자금, 그리고 용병 길드를 물려주고 나서 받은 보상금이에요."

 서윤은 사막 도시들이 발전하기 전에 중요한 길목마다에 땅을 샀다. 도시가 커지면서 땅값은 천정부지로 치솟았고, 그 이후로는 건물도 지어서 팔았다.

 교역으로도 한밑천을 단단히 잡았는데, 알짜배기로 돈을 벌어들여서 사막의 부가 그녀에게로 향하고 있다는 소문까지도 돌 정도였다.

그 자금으로 지금까지 용병 길드를 확장하고 위드의 뒷바라지도 할 수 있었던 것이다.

아르펜 왕국의 왕궁으로 또 다른 손님들이 찾아오고 있었다.

햇볕에 검게 그을리고 수염을 기른 외모의 남자들이 중무장한 채로 말을 타고 성문을 향하여 일제히 달려왔다. 하나같이 섬뜩하게 휘어진 칼을 허리에 착용한 전사들이었다.

"멈춰라!"

아르펜 왕국의 NPC 기사들은 그들이 다가오는 것을 경계하며 막았다. 강철을 연마하여 제작한 장검과 방패도 들어올렸다.

방패에는 그들의 소속을 드러내는 와이번이 그려져 있었다.

일반적인 와이번과는 조금 다르게 등 부분이 평평한 와삼이의 모습!

"침입자들! 이곳은 북부의 영광을 이끄는 땅이며 허락되지 않은 자들이 침입할 수 있는 장소가 아니다."

"무기를 버리고 투항하라. 그러지 않으면 공격하겠다."

성문의 수비병들이 경계를 하고 있을 때였다.

처처척!

수비에 용이한 성벽에서는 궁수들이 나타나 신속하게 장궁을 겨누었다.

 아르펜 왕국의 기사들과 병사들은 끊임없이 사냥에 나가는 유저들의 초대를 받았다.

 유저들은 왕국의 공헌도를 적극적으로 쌓았고, 그걸 사냥터로 갈 때 병사들을 빌리는 데 썼던 것이다.

 이제 아르펜 왕국은 영토도 넓어지고 소속 마을들도 많아졌다. 고레벨 유저들도 충분한 숫자가 되어서 경제력도 부강해진 만큼, 군대도 확대가 이루어지고 있었다.

 "뭐야, 왕궁으로 어떤 길드가 쳐들어온 거야?"

 "아냐. 저거 좀 봐. 저렇게 비슷한 복장이나 외모는 본 적이 없는데. NPC 아냐?"

 "그럼 이거 이벤트?"

 왕궁의 입구 근처에 모여 있던 유저들도 호기심을 드러내면서 다가왔다.

 물론 여차하면 싸우기 위한 준비들도 하고 있었다.

 검사들은 검집에 손을 올리고, 마법사들은 언제라도 공격할 수 있도록 주문을 외웠다.

 유저들도 경계하지 않을 수 없을 정도로, 갑자기 나타난 이들은 살벌한 느낌을 주었다.

 "NPC나 이벤트가 아닐지도 몰라."

 "왜? 저런 외모가 흔할 수가 없잖아."

"예전에 본 적 있어. 덩치가 크고 눈매가 무서운 사람들이 검 한 자루를 차고 다니던 것을."

"아, 그 사람들과 비슷하긴 하다."

"얼굴이나 분위기는 그쪽이 더 험악했지. 내가 레벨이 400이 넘는데도 눈 마주칠까 봐 본능적으로 고개 숙였잖아!"

검치와 제자들은 초보자들이 뭘 물어보면 친절하게 대답해 주고, 사냥을 하고 있으면 도움도 주었다.

그럼에도 퍼지는 악명!

딱히 나쁜 짓을 하지도 않았는데, 그냥 인상이 무기징역감이었다.

아르펜 왕궁으로 찾아온 전사들은 주변의 흉흉한 분위기에 아랑곳하지 않고 말에서 내리더니 당당하게 말했다.

"우린 사막의 율법에 따라서, 피의 맹세를 지키기 위해 왔다."

아르펜 왕국의 기사가 고개를 갸웃하며 물었다.

"그게 무슨 의미인가."

"우린 앞으로 아르펜 왕국을 위하여 칼을 뽑을 것이다."

"뭐라고?"

"우리는 아르펜 왕국의 국왕에게 입은 감당할 수 없는 큰 은혜를 갚아야 한다."

전사들은 남부 사막에서 온 것이었다.

사막의 전성기를 이끈 태양의 전사 위드가 활약하던 시절,

사막 부족들에게는 대대로 따라야 할 명령이 내려졌다.
 "언젠가 이곳과는 정반대에 있는 북부에 아르펜 왕국이 세워질 것이다. 사막의 형제들이여, 그때가 되면 전사들로 하여금 아르펜 왕국의 국왕을 나를 보듯이 섬기도록 하여라. 너희가 이 말을 따르지 않는다면 모래바람이 모든 걸 앗아 가게 되리라."
 "예, 대제!"
 사막 전사들에게는 신의 명령과도 같은 말이었다.
 그들에게 위드의 존재감은 태양신과 고스톱을 칠 정도라서, 무조건 따라야 했다.
 과거에 쌓은 엄청난 명성과 레벨을 놓치지 않고 대대로 전달하며 노예로 만들려고 했던 위드의 술수가 통한 것이다.

 위드에게 포섭된 사막 전사들의 숫자가 3,000명까지 늘어났다.
 "말살의 불도마뱀 대장을 잡으셨다는 이야기가 저희 부족에서 화제가 되고 있습니다. 부족한 저이지만 우러러보는 분을 따르기 위해 왔습니다."
 "잘 왔다."
 "대제의 은덕을 입은 로스커 호수에서 자라 왔습니다. 제

몸과 검은 대제의 것입니다. 부디 받아 주십시오."

"싸울 기회를 충분히 주도록 하마."

말살의 불도마뱀과 싸우면서 사막 전사들의 희생이 컸다. 친위대를 1,000명까지 보충한 이외에도, 각 부족의 대표 전사들을 사막의 붉은 칼 부대로 적극 받아들였다.

과거에는 귀찮다고 몬스터들의 먹이로 교묘하게 던져 주기까지 했지만, 퀘스트의 내용을 듣고 나니 소중한 존재가 되었다.

그렇지만 함께 성장한 직속 부하들과는 다르게 수준은 훨씬 많이 떨어졌다.

그럼에도 사막 부족 최고의 정예 전사들이기 때문에 밥값 정도는 충분히 해낼 수준이었다.

"무모하게 부딪칠 수는 없지. 이들을 데리고 엠비뉴 교단과 싸워야 되겠어."

원래 정상적인 퀘스트의 내용대로라면 노들레는 사막에서 친해진 동료 몇 명을 데리고 중앙 대륙으로 떠나 아헬른과 함께 엠비뉴 교단을 막아 냈다.

"고생을 혼자 할 수는 없지. 부하들은 부려 먹으라고 있는 건데 말이야."

위드의 방식에 따라 서서히 걷잡을 수 없도록 커지는 스케일!

서윤도 쌓아 놓은 인맥을 썩히지 않았다.

사막 도시들에 투자해 놓았던 자금을 회수하고 용병 길드로 갔다.

"사람을 구해요. 위험한 일이에요."

"힐데른 님께서 오셨군요. 어떤 일인지는 모르지만 전사들은 당신께서 보여 주신 신뢰를 믿을 것입니다."

그녀가 모집한 정예 사막 전사는 8,000명!

사막 전사 용병들이 비교적 싼값이라고는 해도, 실력이 출중한 자들은 부르는 게 값이다.

현재 위드와 서윤으로 인해서 사막에서는 통합과 발전, 잦은 토벌이 이루어져 무력은 전체적으로 크게 높아져 있었다.

"우린 중앙 대륙으로 진출한다. 그리고 대륙을 바로잡기 위한 숭고한 전투를 치르는 것이다."

"우와아아!"

부하가 이제 11,000명을 돌파!

그리고 사막 부족의 장로들이 모였다. 역사적으로 부족들 간의 사이가 화목하진 않지만 그동안 상당 기간 번영을 이루며 오랜 전투도 멈췄다.

"사막을 위협하는 몬스터들은 대부분 사라지게 되었고, 전사들은 넘쳐 나고 있네. 우리의 아이들이 안전하게 자랄 수 있도록 중앙 대륙으로 출진하신다는 대제님께 힘을 보태 드리도록 하지."

"비옥한 땅에서 어려움을 모르는 대륙 놈들은 마음에 들

지 않지만… 대제께서 원하신다면 라그니프 부족은 참여하겠다."

"좋다. 페살로샌드 부족도 빠질 수 없지."

사막 부족들은 9,000명의 전사들을 내놓기로 했다.

위드를 따르는 원정대가 대대적으로 구성되었다.

그리고 나타난 메시지 창!

위드는 요즘에는 메시지 창이 울리기만 해도 간이 떨렸다. 하지만 이번에는 긍정적인 내용이었다.

띠링!

> -부하들이 2만 명이 넘었습니다.
> 노들레와는 다른 길을 걸어가고 있지만, 이 또한 시간이 안배한 운명의 궤적을 벗어나는 일은 아닙니다.
> 운명은 그대로 따르는 것이 아니라 새롭게 개척할 수 있습니다.
> 부하들을 이끌고 엠비뉴 교단을 공격한다면 많은 사건들이 변화하게 될 것입니다.
> 새로운 운명을 받아들이시겠습니까?

"으음."

위드는 잠시 고민을 했다.

"혼자 죽도록 고생을 할 것인가, 아니면 부하들과 함께 고생을 할 것인가라는 결정이로군."

즉, 거절한다면 부하들을 해산시키고 몇 명만을 데리고 가야 한다.

그냥 두고 가기에는 장비들을 챙겨 준 돈도 그렇고, 최고의 정예인 사막의 붉은 칼 부대도 아까웠다.

"최악의 상황에 혼돈의 드래곤이 깨어나서 싸우게 되더라도 이놈들이 있어야겠지."

부하들이 죽거나 말거나, 혹은 고생을 하거나 상관은 없는 일.

"새로운 운명을 받아들인다."

새로운 운명의 수레바퀴가 굴러가기 시작하였습니다.
22년간 진행되는 퀘스트에서 매우 훌륭한 성과를 달성하고 사막을 발전시켰기에 이에 대한 특별한 보상이 부여됩니다.
직업이 세계를 구하는 용사로 바뀝니다.
사막에서 최초로 탄생한 태양의 전사에서 승급이 이루어졌습니다.
태양의 전사로서의 특성을 30% 더 강화합니다.
기사, 전사 계열의 최종 직업이며 동시대에 1명만이 가질 수 있습니다.
인간이 가진 무력의 한계를 뛰어넘고, 신성하고 중요한 의무를 부여받아야만 전직이 이루어집니다.

전사의 손은 모든 무기를 다룰 수 있습니다.
많은 경험을 바탕으로 전투 스킬을 쉽게 습득할 수 있습니다.
명예가 스탯에 상관없이 최대치가 됩니다.
명성의 의미가 사라집니다. 직업을 밝힌다면 선을 따르는 이들의 열렬한 존중을 받습니다.
종족의 한계를 떠나서 명예와 신앙, 카리스마를 바탕으로 부하와 동료 들을 구할 수 있을 것입니다.
용사가 행하는 모든 행동들은 악명의 증가를 최소화합니다.

세계를 위해 싸워야 하는 용사에게는 신들이 지대한 관심을 갖습니다. 당신과 관련이 있는 신들은 기꺼이 자신의 힘을 나누어 줄 것입니다.
전투의 신 티르가 축복을 내립니다.
"어린 인간이여, 어지러운 대륙을 바로잡아야 할 그대의 어깨가 무겁구나. 하지만 자기 자신을 믿는다면 승리할 수 있을 것이다."
전투와 관련이 있는 다섯 가지 기술의 비기를 얻게 될 것입니다.
전투의 신 티르가 주는 스킬은 곧바로 고급 7레벨의 효과를 내며, 숙련도를 쌓아도 성장하지 않습니다. 다른 사람에게 전수도 불가능하며, 전쟁이 끝나면 사라지게 될 것입니다.
군신 아트록이 축복을 내립니다.
"그대의 지도 능력은 훌륭하다. 어떤 전투에서도 그대의 말은 모든 이들이 듣고, 용기를 내게 될 것이다."
통솔력이 130 높아집니다.
군대 지휘 스킬 '아트록의 함성, 용사의 격려'를 얻었습니다.
부하들의 성장 속도가 빨라집니다.
대지의 여신 미네가 축복을 내립니다.
"용사여, 땅은 모든 것을 기억하고 있답니다. 뒤바뀐 영혼으로 살아가면서 참 많은 상처를 경험하고 있군요. 당신은 먼 훗날의 이 세상을 위하여 많은 일을 하였고, 또 지금은 사막에 새로운 생명의 씨앗들을 자라게 하였습니다. 땅과 생명을 사랑하는 당신은 쉽게 쓰러지지 않을 것입니다."
생명력의 최대치가 3.7배로 높아집니다.
생명력이 20% 이하로 감소하면 회복 속도가 4배로 높아지게 됩니다.
땅에 손을 대면 트롤을 능가하는 불가사의한 회복력을 보입니다.
태양을 상징하는 루가 축복을 내립니다.
"뜨거운 심장과 빛의 검을 가진 용사여, 나의 검으로 오랜 악을 처단했던 인간이여, 악을 물리치기 위한 싸움에서는 오로지 앞으로만 나아가야 할 것이다."
빛과 관련된 전투 공격력이 55% 오릅니다.
빛의 보호 능력으로 인해 암흑 속성의 공격의 피해를 60%까지 줄입니다.
축복 마법의 효과를 높입니다.
풍요와 아름다움을 주관하는 프레야 여신이 축복을 내립니다.
"모라타의 주인이여, 그대는 많은 일들을 이미 이루었고, 앞으로도 거대한 운명을 등에 짊어지고 있구나. 그대가 걸어온 길에는 풍성한 열매와 곡식이 열렸다. 그리고 앞으로도 쭉 계속 그리하리라. 그대와 그대의 부하들은 어느 곳에서도 굶주리지 않을 것이며 어떤 환경에서도 그 기품을 잃지 않을 것이다."
식량을 구하기가 아주 쉬워집니다.
아무리 오랫동안 씻지 않아도 매력이 감소하지 않습니다.
주민들의 호감을 쉽게 이끌어 내게 됩니다.
다섯 신의 축복을 받았습니다.
엠비뉴 교단과의 싸움이 종결될 때까지 모든 스탯이 89개 증가합니다.

티르, 아트록, 미네, 루, 프레야!

정의를 추구하는 신들이 위드에게 새로운 운명을 기대하며 강력한 힘을 주었다.

위드는 전에 없는 묵직한 사명감을 느꼈다.

아마도 이 시대에 스스로 인간으로서는 가장 강한 존재가 아닐까 싶었다.

돈 없이도 밥을 얻어먹는 눈치가 제대로 발휘되었다.

"세계를 구하는 용사, 그리고 신들의 축복까지. 최고의 전력을 쌓았으니 이걸로 이 시대에 마음껏 깽판을 쳐 보라는 말이로군."

입가에 맺힌 훈훈한 미소.

위드가 사막에서 레벨을 올리면서도 원했던 바가 바로 이런 부분이었다.

노들레의 역할만 충실히 하기에는 솔직히 지루했다.

남이 했던 일을 고스란히 따라 해야 한다는 건 둘째 치고, 그는 인간 중에서도 지독할 정도로 착한 사람에 속했다. 가진 게 많음에도 불구하고 없는 사람들을 걱정하며 발명을 하고, 사랑하는 여자를 위하여 보장된 미래를 버리고 떠날 줄도 안다.

"아마 사막에서 번 돈도 그냥 다 나누어 줘 버렸겠지."

훗날 조금 살 만해지고 나니까 오지랖도 넓게 대륙의 정의를 세우기 위하여 엠비뉴 교단에 덤벼들지 않았던가.

물론 그가 영웅이기는 했어도 위드의 사고방식과는 참치와 독수리 이상의 차이가 있었다.

"힘을 가진 만큼 엠비뉴 교단을 퇴치하고, 내가 제대로 한탕 해 먹어 봐야지."

엠비뉴 교단의 총본영에는 신탁이 내려졌다.

― 대륙의 남쪽에서 너희를 막을 거대한 힘이 올라오고 있다. 그들을 물리쳐라. 방해자들을 제거해야 한다.

"예, 알겠습니다."
대사제 헤울러는 잠들어 있는 마물의 부대를 예정된 역사보다 일찍 깨웠다.
가까운 엠비뉴 지파들에 동원 명령도 내렸다.
제4지파 대사제 모툴스가 이끄는 파괴되지 않는 청동 군대.
제6지파 대사제 잉그리그의 열성적인 광신도 군대.
"악녀 페쳇에게도 드래곤 아우솔레토를 깨우는 일을 도우라고 전해라."
악녀 페쳇은 선대의 약속에 의하여 엠비뉴 교단을 단 한 번 돕도록 되어 있었다.
잉그리그가 반대 의견을 냈다.
"그녀를 쓰는 것은 아깝지 않겠는가?"
"이번 일이 가장 우선이다. 방해자들을 제거하는 것도 대륙을 파괴하기 위해서 필요한 일이 될 것이다. 엠비뉴 신의 신탁이 직접 내려왔으니 허술하게 처리할 수 없다."
"좋다. 그렇다면 동의한다."
사상 최강의 악녀 페쳇은 전쟁의 시대에 여러 왕국을 괴롭힌 골칫덩이였다.
페쳇은 지금으로부터 몇 년 후 전쟁의 시대가 절정에 이르

렀을 때 켈튼 왕국의 최정예 기사들이 무수히 달려들어서 없앨 수 있었지만, 이때 입은 피해는 훗날 군사 강국인 켈튼 왕국이 몰락하는 중요한 원인이 되었다.

과거 엠비뉴 교단은 방심하고 있던 상태에서 어이없게 당했다.

노들레는 그가 사막에서 사귄 7명의 친구들과 아헬른과 협력하여, 믿기지 않는 모험을 하면서 엠비뉴 교단의 음모를 깨뜨렸다.

그때 만났던 사막의 친구들 중에는 헤스티거, 루헬른, 브레빈슨 등이 있었다.

끈질긴 행운아 헤스티거야말로 노들레의 가장 든든한 우군이었다.

위드는 이들 중 4명은 부하로 거두었지만 사냥 도중에 3명을 죽음에 이르게 하였고, 나머지는 사냥터를 전전하느라 만나지 못했다.

이 시대에서 위드의 전력이 워낙 막강하다 보니 역사적인 사건에도 변화가 생겨서 엠비뉴 교단에도 신탁이 내려지게 된 것이다.

위드는 그 사실을 모르는 채 행복하게 웃었다.

"후후후, 이 퀘스트는 해치운 거나 다름이 없군. 불쌍한 노들레는 고생을 했겠지만, 사람이 평소에 열심히 살다 보면 이렇게 보답을 받게 돼."

어찌 본다면 노들레보다도 더 재수 없었고, 사건들은 더욱 꼬여 가고 있었다.

조각술 최후의 비기 퀘스트는 그렇지 않아도 난이도가 어려운데, 스케일이 커지면서 거기서 한 단계 더 높아지고 말았다.

위드는 전투 스킬들의 비기로 다섯 가지를 정했다.

"절대 방어!"

워리어의 비기로, 착용하고 있는 갑옷의 방어력을 3배로 늘려 준다. 또 어떠한 경우에도 치명적인 공격을 당하지 않으며, 연속 공격을 당하더라도 바로 몸을 움직여서 물러날 수 있게 해 주었다.

절대 방어가 있으면 혼자 기사단에 둘러싸이더라도 웬만해서는 죽지 않는 것이다.

대지의 여신 미네로 인해 생명력까지 크게 늘어났으니 끔찍할 정도로 강한 적들의 집중 공격이 아닌 한 무시하면서 무작정 뚫어 버릴 수 있다.

"그리고 다음의 기술로는… 공격력을 늘려 주는 것으로 검의 각성, 탄생의 힘, 흑기사의 일격, 다른 하나의 검 소환으로 해야지!"

스킬은 조금이라도 알고 있는 것을 얻어야 활용하기가 유리하다. 그러다 보니 전부 바드레이가 가지고 있는 스킬들이었다.

 검의 각성은 무기 자체의 공격력을 늘려 주니 필요하다.

 탄생의 힘은 체력이 감소하거나 스쳐서 맞더라도 최대의 위력을 발휘하게 해 준다. 덤으로 적을 밀쳐 내는 효과까지 있다.

 흑기사의 일격은 광역 공격을 발동시키는 스킬.

 다른 하나의 검 소환은 검술의 비기로, 마나의 검이 스스로 날아다니면서 공격과 방어를 한다.

 위드는 바드레이와 싸우면서 공격과 방어의 조화에 있어서 스킬들의 구성이 상당히 훌륭하다고 여겼다.

 상대방의 무기를 부숴 버리는 파워 브레이크 같은 스킬은 익히고 나서도 쓰지 못했지만, 영웅의 탑에서 얻은 헤라임 검술 등은 여전히 심심치 않게 활용했다.

 헤르메스 길드의 지원을 받는 바드레이라면 남들이 알지 못하는 정보들을 많이 가지고 있었을 테고, 그중에서도 효과가 뛰어난 스킬들을 위주로 얻는 혜택을 누릴 수 있었을 것이다.

 "언젠가 배우려고 몽땅 노리고 있던 참에 잘됐군."

 현재의 위드가 바드레이의 스킬을 쓴다면 그 위력도 하늘과 땅만큼 차이가 날 것이다.

검술의 마스터에 824라는 극한에 달한 레벨은 비교 자체를 거부할 정도였다.
 사막에서 성장해 오며 스킬의 빈곤함에 시달렸는데 이것으로 어느 정도 그 약점도 보완이 되었다.
 "이제 아헬른을 찾으며 엠비뉴 교단이 있는 중앙 대륙으로 진격을 해야겠군!"
 퀘스트에는 3개월이라는 시간제한이 있다.
 대륙 전체를 배경으로 하기 때문에 서두르지 않으면 안 되었다.

 공국 노아.
 중앙 대륙에서 바다를 접하고 있어 중계무역을 활발하게 하는 국가였다. 전쟁의 시대에는 물자들이 귀하고 가격도 비쌀 수밖에 없었기에 상업을 통해 떼돈을 벌어들였다.
 위드는 부하들을 이끌고 노아를 향해 낙타를 타고 달려갔다.
 퀘스트를 하면서 매일 시간에 쫓기며 서둘러 다녔기 때문에 말이나 낙타를 모는 기술은 최고에 달해 있었다. 위드와 직속부대는 바람을 앞질러서 달릴 수 있을 정도였다.
 나중에 받아들인 전사들도 기본 이상의 기마술을 가지고

있었다.

"남쪽에서 먼지구름이다."

"저건 뭐지?"

노아의 수비병들이 아무 예고 없이 접근하는 그들을 발견했다.

뎅! 뎅! 뎅!

곧 위급을 알리는 종소리가 울리고, 노아의 군대가 성내에 집결했다.

병사들의 숫자는 32,000!

전쟁의 시대이기에 규모가 작은 공국이라고 해도 많은 병력을 거느리고 있었다. 하지만 다른 왕국을 침략할 수 있는 수준은 아니라, 궁병들을 주력으로 하여 방어 위주로 편성되었다.

노아의 군대가 소집되는 사이에 위드는 사막의 붉은 칼 군대를 이끌고 성 근처에 도착을 했다.

"상업 도시라더니 규모가 상당히 크군."

푸른 하늘 아래 도시는 붉은 벽돌로 지은 고풍스러운 건물들로 가득했다.

복잡하게 이어진 좁은 골목길과 오래된 흔적이 역력한 성벽.

중세 시대의 전통적인 우아미가 돋보이는 도시였다.

"적군이 나타났다!"

"전투를 준비하라. 적들은 그리 많지 않다!"

노아의 병사들이 외치는 소리가 들렸다.

"역시 우리가 접근하기만 해도 군대가 전투를 준비하게 될 줄 알았지. 아무래도 사막 전사들이란 침략자의 이미지를 가지고 있으니까."

물론 정말 순수한 의도로 부하들을 잔뜩 데리고 온 것도 아니다.

"자, 어떻게 할까."

위드로서는 선택을 내려야 하는 순간이었다.

사막 전사들을 이끌고 중무장한 상태로 아헬른을 만나기 위해 중앙 대륙을 돌아다니는 건 상당한 불편함이 있다.

평화로운 시절에도 대대적인 병력의 이동을 왕국들이 허용할 리가 없는데, 하물며 지금은 재채기만 해도 검이 날아온다는 전쟁의 시대!

사막 전사들로 구성된 군대를 이끌고 중앙 대륙으로 건너왔으니 이는 당연히 남부 야만인들의 침공으로 받아들여져 경계하게 된다.

위드는 공국 노아로 오면서 이 부분에 대하여 식사 후에 잠깐 동안 생각해 봤다.

'원만하게 대화로 해결을 할 수 있을까? 적당히 뇌물을 바치고 대화로 넘어가는 것도 가능하긴 할 듯한데. 하지만 도시를 통과할 때마다 매번 설득을 하려면 시간도 많이 걸리

고 번거로울 거야. 그러면 사막 전사들을 적은 숫자로 나눠서 따로 이동을 시킬까? 아니야, 최악의 방법이야. 저 참을성 없는 놈들은 어디서든 싸움을 일으키고 말 거야.'

사막 전사 군대 2만 명을 그렇다고 포기할 수도 없지 않은가.

그렇다고 노아의 군대나 중앙 대륙의 군대가 무섭게 여겨지지도 않았다.

사막에서 싸워 온 몬스터에 비한다면 오히려 약하기 짝이 없는 존재들!

위드는 결심을 내렸다.

"어차피 잘됐어. 가로막는 놈들은 그냥 다 부숴 버리면 되지. 그리고 몽땅 약탈을 하는 거야."

금과 향료 무역으로 유명한 공국 노아!

뻔히 무장하고 있는 군대와 외교적으로 분쟁을 줄이도록 노력하기보단 철저히 파괴해 버리기로 했다.

어차피 노들레로서 쌓는 악명은 중요하지도 않지 않은가.

"그동안 너무 착하고 심심하게 지냈어. 이런 재미라도 있어야 되겠지."

위드는 끝없이 강함을 추구하던 마법의 대륙 시절을 떠올리고 있었기에 거침이 없었다.

하기야 검치와 사형들이었다면 무슨 이런 일을 가지고 번거롭게 생각까지 하느냐고 질책을 했을 것이다.

한때의 세상을 질타하면서 살아가 보고 싶은 것이 사나이의 야망!

전쟁의 시대에 와서 군대를 이끌고 마음껏 헤쳐 나가 보고 싶은 기분이 들기도 했다.

무모하더라도 머리보다는 심장이 시키는 일을 하지 않는다면 훗날 더 많은 후회를 하게 되리라.

그렇지만 전투는 매우 신중하게 해야 했다.

위드와 직속부대의 전투력은 단일 세력으로는 가히 최강이라고 할 만하다. 하지만 뒤늦게 받아들인 사막 전사들은 아직 제대로 단련이 되어 있지 않았다.

대규모 전쟁을 위한 보급도 제대로 갖춰져 있지 않은 마당에, 2만여 명의 군대란 어쩌면 쉽게 소모되어 허무하게 무너져 버릴 수도 있다.

"철저하게, 그리고 무리하지 않아야겠군. 모두 전투준비."

사막 전사들이 활과 시미터를 들어 올렸다.

성문을 파괴하거나 성벽에 오를 공성 무기도 가져오지 않았지만 그 정도는 위드와 직속부대가 어떻게든 방법을 찾아내야 하리라.

사실상 위드가 제대로 힘을 사용하기만 하더라도 노아 성 정도는 그리 어려워 보이진 않았다.

"제대로 한바탕해 볼 수 있겠군."

단독으로 대군과 맞서는 것은 로열 로드의 모든 전투 계열

유저들이 바라는 꿈이라고 할 수 있으리라.

위드에게는 충분한 자격과 능력도 있었다. 오히려 일반 병사들이나 기사들을 상대로는 힘 조절이 어려울 뿐.

그때 노아의 기사들이 성벽 위에 등장했다.

"미개한 사막의 거지새끼들이 약탈을 하기 위해 이곳으로 왔구나."

노아의 총사령관은 베르테보네가. 당연히 NPC였다.

그가 호탕하게 웃으며 고함을 치자 노아의 병사들이 조롱하며 웃음을 터트렸다.

"낄낄, 주제도 모르고 또 나타났군."

"지난번에 쓸모없는 시체들만 남겨 놓고 도망쳐서 파묻느라고 얼마나 고생을 했는지."

"빵 부스러기라도 줄 테니 그냥 꺼져라, 거지새끼들아."

위드는 지휘관은 물론이고 병사들과도 여러 말 섞을 필요 없다고 생각했다.

'보아하니 대화로 사기를 낮출 수는 없겠군.'

사막에서의 명성이 이곳까지는 퍼지지 않은 것이리라. 혹은 지금 사막 전사들을 데리고 온 사람이 위드라는 점이 제대로 알려지지 않았거나.

만약 알았다면 자발적으로 항복을 하거나, 최소한 이런 조롱은 하지 말았어야 했다.

중앙 대륙은 자신들만이 최고라고 생각하며 동부와 서부,

남부와 같은 변방은 무시하는 정서가 있었다. 사막 전사들의 허술한 복장도 그들이 무시할 수밖에 없게 만드는 원인이기도 했다.

부유한 노아의 병사들은 말단이라도 번쩍번쩍 빛나는 강철 갑옷으로 무장을 했다. 그에 비해서 사막 전사들은 해진 가죽옷만 입고 있는 경우가 대부분이었다.

뜨거운 사막에서는 금속 갑옷이 비효율적이라는 실용적인 이유도 있지만, 실상 그만한 실력이 있는 대장장이와 재료를 구하기가 어렵다.

사막 부족들도 무기와 가죽 방어구 등을 생산하지만 중앙 대륙의 장인들만큼 품질과 형태가 좋지도 않았다.

없어 보인다고 무시당하는 것도 위드에게는 익숙한 일이었다.

어린 나이부터 항상 남들보다 허름하고 나쁜 옷이나 가방을 쓰면서 학교를 다녔으니까.

"음, 그러고 보니 초등학교 시절부터 누가 나한테는 과자나 아이스크림을 사 달라고 한 적도 없군."

어린 마음에 그때는 창피했고 친구들이 밉기도 했다.

지금은 나이를 먹어서 인격적으로 다듬어지고 성숙해졌을 리도 없다.

무릇 쪼잔함이나 뒤끝이란 나이가 들수록 더 심해지는 법!

"몽땅 죽여 버려야지. 아예 씨를 말려 버려야 되겠어. 그

리고 저놈들이 착용한 갑옷을 내가 뺏어야겠다. 전삼아, 인사 수준으로 가볍게 공격해 봐라."

"옛!"

전삼이가 휘하 부대 400명을 데리고 적들을 향하여 접근했다.

"발사! 저 야만스러운 놈들이 성벽을 올라오지 못하게 하라!"

그들이 사정거리에 들어오자마자 노아의 군대는 화살을 쏘았다.

궁수들이 대거 포진되어 있기에 빗발치는 화살 공격은 피할 곳이 없었다.

"크억!"

"방패를 들어라!"

"위와 정면 전체를 막아!"

전삼이의 부대는 잠깐 동안 화살 비를 뚫으며 전진하려다가 포기하고 쓰러진 동료들을 수습해서 돌아왔다.

당연히 이들은 그저 단순한 미끼의 역할을 했을 뿐이다.

전삼의 부대는 대부분 워리어 계열로, 그나마 좋은 방어구를 착용하고 있을뿐더러 생명력이 아주 높아서 먼 거리에서 쏜 화살 따위에는 끄떡도 하지 않는다.

적의 전력을 알아보고 화살을 소모시키는 데 쓰이는 부대!

일부러 쓰러지면서 죽은 척도 능숙하게 했다.

사막의 전사들은 전투에 대해서라면 어떠한 비겁한 일을 지시하더라도 마다하지 않았다. 명령을 내리면 철저히 복종하고, 적에게는 거침없이 잔인했다.

"과연 이 정도로는 쉽게 넘어오지 않는군. 몬스터들도 아닌데 그래도 너무 얕봤던 것 같아. 귀찮지만 공성전을 제대로 치러야 하겠군."

그때 노아의 군대에서 함성이 터져 나왔다.

"저놈들은 아무것도 아니다!"

"화살이 아깝다. 모래밭에서 온 촌놈들을 박살 내자!"

노아의 군대가 사막 전사들을 허술하게 보고 성문을 열며 빠져나왔다.

기병들은 몇 명 되지도 않는, 대부분 보병들로 이루어진 구성이었다.

거만한 기사들과, 혼란스러운 전쟁의 시대에도 멀쩡하게 침략자들을 격퇴시켰던 노아의 성주가 자만한 탓이다.

위드와 직속 부하들의 눈에는 그저 세상 물정 모르는 꼬맹이들이 집문서 들고 고스톱 치러 나오는 것으로밖에는 보이지 않았다.

"놈들이 충분히 다 나올 때까지 기다려라."

"예, 대제님."

사막 전사들을 그 자리에서 그대로 대기시켰다.

전쟁에서 기회란 놓치지 않는 자의 몫이다.

"여러 번 싸우고 끝 것 없이 한번에 쓸어버려야겠군."

위드는 집요함뿐만 아니라 적당한 시기를 기다릴 줄 아는 인내심도 가졌다. 그리고 마침내, 적들이 부대의 진형을 돌격형으로 바꾸고 다시 성으로 되돌아가지 못할 정도로 가까이 다가왔을 때 움직였다.

"검의 각성, 탄생의 힘."

가볍게 공격력을 올려 주는 보조 스킬들을 시전했다.

무시무시한 던전에서 잠깐만 방심해도 처참한 죽음을 안겨 주는 끔찍한 몬스터들을 상대로 싸우면서 레벨을 올렸다.

노아의 병사들을 상대로 전율이 무엇인지를 가르쳐 주어야 할 순간!

"깊은 붕괴의 검!"

태양의 전사가 되고 나서 얻은 스킬.

위드의 검에, 자루에서부터 서서히 수많은 빛깔의 광채가 올라가면서 사방으로 발산되었다. 뾰족한 끝까지 마나가 뒤덮고 나자 그 황홀하기 짝이 없는 검으로 땅을 내려찍었다.

검이 자루 앞까지 깊게 땅에 박혔다.

쿠궁!

대지가 거세게 흔들리더니 순식간에 사막처럼 메마른다.

풀들은 말라비틀어지고 우뚝 서 있는 바위는 부서져서 작은 모래 알갱이가 되어 우수수 쏟아진다.

땅은 쩍쩍 갈라지고 허물어졌다.

그러더니 노아의 군대의 병사들이 모래와 함께 빨려 들어가는 것처럼 땅속으로 가라앉았다.

광범위한 공격 범위를 자랑하는 스킬!

적이 디디고 선 지면 자체를 가라앉혀 버리는 전쟁 스킬이었다.

"끄웨에에엑!"

"떨어진다. 살려 줘!"

땅이 가라앉으면서 2,000여 명의 사상자 발생!

원래 대단한 광역 스킬이기도 했지만 레벨이 800을 넘다 보니 공격 범위 자체가 이만저만 넓은 게 아니었다.

20미터 정도의 깊은 구덩이로 적의 군대가 한꺼번에 파묻혀 버리고 만 것이다.

구덩이 속에서 살아남은 이들은 살려 달라고 아우성을 쳐 댔지만 누군가 구해 주지 않는 이상 다시 올라올 수는 없으리라.

"신들의 축복까지 받고 났더니 확실히 효과가 제대로군. 최고의 위력으로 쓰지도 않았는데 말이야."

상상도 하기 어려운 어마어마한 사태에 노아의 군대는 얼어붙고 말았다. 놀라서 돌격을 멈춘 그들에게서 곧 악에 받친 고함이 터져 나왔다.

"괴물!"

"흑마법, 인간의 탈을 쓴 악마다!"

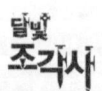

레벨이 깡패라는 말이 괜한 게 아니었다.

일찍이 상대해 본 적이 없는 대단한 한 번의 공격에 의해서 군대가 겁을 집어먹었다. 하지만 좋은 기회임에도 불구하고 사막 전사들은 꼼짝도 하지 않았다.

잡템도 위아래가 있다는 말처럼 위드가 먼저 해 먹어야 할 순서!

위드가 두 번째 스킬을 서서히 시전했다.

깊은 붕괴의 검도 그랬지만 공격 범위가 넓을수록 준비하는 데 상당히 지체가 된다.

마나 소모도 몇만에 이를 정도로 막대했지만, 지금으로써는 스킬 서너 번 정도는 무리 없이 사용이 가능했다.

"종말의 날!"

뜨거운 화염이 그를 중심으로 서서히 해일처럼 퍼져 나갔다.

모든 걸 태워 버리는 잔인하고 욕심 많은 마나의 불길!

화산이 폭발했을 때 용암이 서서히 밀려 내려가는 것처럼 다가갔다.

화염이 닿지도 않았는데 일반 병사들은 불길에 뒤덮여서 곧바로 뼈만 남아 땅에 쓰러졌다.

퍼렇게 질린 병사들은 뒤돌아서서 성을 향해 미친 듯이 도망쳐 들어가기 시작했다.

"아, 안 돼! 여기서 죽을 수는 없어. 집에는 노모와 처자식들이… 그리고 이웃집 유부녀 헬렌이 나를 기다리고 있단 말이다!"

"사막에서 신의 노여움을 살 존재가 탄생하고 말았어. 살려면 성안으로 들어가야 해!"

"불의 화신이다. 노아의 영주가 나쁜 짓을 저질러서 천벌을 받는 거야."

"레드 드래곤! 레드 드래곤이 우릴 찾아왔다!"

병사들은 공황에 빠져서 아무 소리나 질러 댔다.

노아의 군대는 대적할 수 없는 힘에 의해 심각한 타격을 받았고, 사기가 급격하게 추락했다.

전쟁에서 뛰어난 지휘관급 기사 1명에 따라서 군대의 전체적인 전력은 2배 이상으로도 늘어난다.

그렇지만 위드의 실력은 전쟁 전체의 승패를 좌우할 정도였다.

인간의 한계를 벗어나다시피 한 너무나도 막강한 힘을 느낀 기사들과 마법사들부터 먼저 성으로 도망치려고 뛰어가고 있었다.

이것이야말로 사막의 전설로 불리는 태양의 전사, 그리고 레벨 800대의 전사가 갖는 위엄!

레벨 200대나 300대, 심지어는 400대라고 하더라도 마주하는 순간 투지에서부터 꺾인다. 본능적으로 팔다리가 떨리면서 마음 깊숙한 곳에서는 공포가 자라나 걷잡을 수 없게 된다.

진정한 전쟁의 신의 강림이라고 해도 좋으리라.

"역시 어린아이 손목 비틀기처럼 재밌는 게 없어. 흑기사의 일격!"

위드는 활용할 수 있는 공격 스킬을 시전하고 나서 구덩이를 단숨에 뛰어넘었다.

민첩성이 워낙에 높고, 묵직한 풀 플레이트 갑옷도 입고 있지 않기 때문에 전장에서는 거의 날아다니는 수준이었다.

그렇다고 하더라도 혼자서 노아의 군대를 추격해서 돌격하는 건 무모함의 극치로밖에 보이지 않았다.

하지만 여기의 그 누가 위드의 공격을 막아 내고 피해를 줄 수 있겠는가.

"하나, 둘, 셋, 넷!"

검을 휘두르면 어김없이 적들이 사라졌다. 그리고 연속 공격이 열 번 이어지게 되면 광역 스킬이 발동되어 적들을 쓸었다.

-흑기사의 일격!
돌이킬 수 없는 공격이 주변의 적들에게 발동합니다.

창을 들고 저항하는 시늉이라도 하던 병사들이 충격파에 휩싸여서 일제히 회색빛으로 변했다.

생명력과 체력이 약한 궁병들은 그저 쉬운 먹잇감이었다.

화살을 쏘더라도 무시하고, 도망치더라도 광범위 공격 스킬로 쓸어버린다.

기사와 병사를 막론하고 무자비한 활약을 보이는 위드!

과거에는 부하들을 다룰 때 협동 정신이나 조직력을 중요하게 여겼다. 폭풍 같은 잔소리로 부대 전체에 최적의 전투력을 끌어내기 위한 노력을 다했다.

하지만 지금은 전투의 선두에서 자신이 가장 많은 공적을 올렸다.

던전 사냥에서도 위드가 제일 앞에서 뚫고 지나가면 부하들이 나중에 뒤를 따르면서 잔당을 소탕하는 방식으로 바뀌었다.

부하들과 조각 생명체들을 원래의 시간대로 데려가지도 못하는 이상 자신만 생각하면 된다는 이기주의!

부하들의 존재가 꼭 짐 덩이는 아니었지만, 매번 신경을 써 줄 필요도 없었다.

지금은 전장을 놀이터처럼 뛰어놀면 된다.

양 떼 사이에 들어온 사자는 당연히 신이 날 수밖에 없지 않겠는가.

위드는 노아의 군대에서 파죽지세로 날뛰면서 적진을 엉망으로 만들었다.

적들의 공격도 계속 있었지만 그대로 몸으로 받아 주면서 가뿐히 무시했다. 맷집과 인내력도 이미 주체할 수 없을 정도에다가 절대 방어까지 두르고 있었기 때문이다.

그렇다고 혼자서 노아의 군대처럼 허약한 놈들을 다 해치

울 필요는 없었다.

미리 쌓여 있던 마나를 소모하며 초반에 빠르게 전투 공적을 올리려고 했을 뿐.

위드는 전투에 굶주린 부하들을 향해 명령했다.

"밟아. 포로는 잡을 필요도 없다. 모두 죽이고 약탈하라!"

-아트록의 함성을 시전했습니다.
마나 소모 49,050.
유지시간 30분.
부하들은 승리에 대한 맹목적인 확신을 갖고 싸우게 됩니다.
고통을 덜 느끼며, 적을 죽일 때마다 더 많은 경험을 얻습니다.
저주 마법에 저항력이 높아집니다.
적들의 후한 제의에도 배신하지 않습니다.

"대제님의 허락이 떨어졌다. 사냥을 시작하자!"

사막 전사들은 모두 낙타와 말을 타고 있었다.

기다리고 있던 그들은 단숨에 속도를 내서 달려 나가 도망가는 노아의 병사들을 칼로 쳐 냈다.

사막 전사들이 지나간 곳에는 병사들의 시체들만이 줄줄이 남았다.

일방적인 도륙!

전쟁의 시대 하면 병사들과 기사들의 수준이 높기로 유명하지만 싸움이 되지 않았다.

위드가 이끄는 사막 최강의 세력은 부유한 공국 노아를 멸망시키는 것으로 중앙 대륙에서의 첫걸음을 시작했다.

사라지는 도시들

공국 노아를 부수고 나서도 위드의 행보는 거침이 없었다.

"적들이 몰려오고 있습니다. 노아의 동맹군 같습니다."

"봉화를 보고 모여든 모양이군. 화해나 휴전은 없다. 진군하라."

"옛, 대제!"

공국 프로비스타 함락, 자유 도시 모겐할 약탈 후의 방화, 무역항 부엔 장악!

"약탈할 시간도 모자라는군."

군대가 길을 가로막으면 돌파하고 부숴 버리면서 이동을 했다.

전원이 기병이나 낙타병으로 이루어진 사막 전사들의 기

동력은 전광석화처럼 빨랐기에 중앙 대륙의 군소 세력들을 마음대로 휘젓고 다닐 수 있었다.

사람들이 흔히 착각하는 것이, 낙타가 말보다 느릴 것이라는 점이다. 그러나 실제로 낙타는 말보다 훨씬 빠르고 지구력도 강하다.

위드와 사막의 붉은 칼 군대가 중앙으로 진출하면서 전투는 계속 이어졌다.

"사막의 대제는 머리가 셋 달린 괴물이라는 소문 들었어? 지옥의 불을 자유자재로 다루는데, 그에게 당해서 타 버리고 나면 영혼까지 사라져 버린다고 해."

"어떻게 그런 악마가 이 세상에 나타난 것인지."

"신께서 우리 인간을 벌하기 위해서 내려보내신 것 아니겠어?"

아무리 악명을 최소화하더라도 점령지의 주민들 사이에서 들불처럼 퍼져 나가는 위험한 소문을 막을 수는 없었다.

세계를 구하는 용사란 원래 의로운 일을 바탕으로 자신밖에 모르는 인간들을 설득하고 다른 종족들과도 협력을 하는 게 전통적인 공통점이라고 할 수 있었다.

영화를 보더라도 여러 종족으로 구성된 원정대가 마왕이나 드래곤, 악에 맞서서 싸운다.

억울한 일이 생겨도 참고, 어려움이 있어도 극복하면서 묵묵히 나아가다 보면 어느덧 세상이 그를 알아주게 되지 않

겠는가.

위드는 그런 방식은 당사자에게 스트레스가 과도하게 쌓여서 향후 병원비가 많이 나갈 수 있다고 보고 탐탁지 않게 여겼다.

"초등학생도 바른생활 책을 믿지 않는 마당에 구태의연한 방식으로 세상을 살다가는 사람 잘못되기 쉽지."

세계를 구하기 위해 나선 용사가 정작 거치적거린다는 이유로 도시들을 무차별 파괴하고 있었다.

그래도 최소한의 자비를 베풀어, 왕국군을 제압하고 나서 모조리 약탈하면서도 주민들이 먹을 식량으로 고구마와 감자 정도 남겨 주었다.

띠링!

―전투 공적을 쌓았습니다.
중앙 대륙의 힘의 균형, 왕국 간의 역학 관계에 영향이 생깁니다.

위드는 가끔씩 튀어나오는 메시지는 대충 무시했다. 군대를 이끌고 아헬른이 있는 로무스로 가려면 선택의 여지가 없었다.

힘이 없을 때에는 서윤과 함께 몰래 도주를 하였지만 지금은 그럴 필요가 조금도 없다.

강한 무력을 거침없이 사용하는 당당함!

엠비뉴 교단과 싸움을 하려면 본인은 물론이고 부하들이

더 강해질 필요도 있다.

일반 사냥보다 전쟁을 통해서 얻어지는 경험치가 더 많다. 그래 봐야 현재의 레벨이 오를 정도는 아니었지만, 부하들을 무장시키는 데에는 전쟁이 좋았다. 재물들을 빼앗아서 부하들에게 최고급 장비들을 장만해 주기가 훨씬 용이했기 때문이다.

―도시 프레드릭을 약탈하셨습니다.
악명이 2,774 오릅니다.
호칭 '욕심 많고 추잡스러운 놈'을 얻으셨습니다.
이 호칭은 적대적인 인간들 중에서 신분이 낮은 부류가 주로 부르게 될 것입니다.

"뭐, 괜찮은 별명이군. 어차피 원래의 시간대로 돌아가게 되면 악명이나 호칭 따위는 사라지게 될 테니까!"

위드가 성인군자도 아니었다.

마법의 대륙 시절에는 눈에 거슬리면 그냥 죽였다.

그에 비해 로열 로드를 하면서는 상대적으로 얌전히 살았다. 명문 길드의 눈치를 보면서 그들과 관계가 나빠지지 않도록 묻어 지냈다고 보는 게 옳았다.

그럼에도 갖은 고생 끝에 왕국도 건국하고 따뜻한 아랫목에서 팔다리 좀 펴려고 하니 헤르메스 길드는 심심하면 쳐들어온다.

쌓여 가는 스트레스와 울화!

"인생을 착하게 살면 손해 본다는 이야기가 나한테도 해당될 줄이야."

뜨거운 라면 국물을 마셔도 속이 시원하지 않을 때가 있다.

길게 보면 엠비뉴 교단과 싸워야 하는 판국에 어차피 방해만 되는 호전적인 왕국들부터 따끔한 맛을 보여 주는 것도 나쁘지 않은 선택.

"차라리 과거로 돌아온 게 잘됐어. 무슨 짓을 저질러도 될 테니까!"

여덟 번의 대규모 전투를 치러 가며 이동했다.

덤벼 오는 적들이 있으면 퀘스트 제한 시간 때문에라도 여러 말 나누지 않고 바로 싸웠다.

-도시를 불태웠습니다.
 인간으로서 저지를 수 없는 간악한 행동은 무수히 많은 지탄을 불러올 것입니다. 하지만 목격자가 없기에 악명은 1,938만 오릅니다.

-호른 성을 파괴하였습니다.
 주춧돌 하나까지 빼서 무너뜨려 버린 과격한 행동은 공포를 퍼트리게 할 것입니다.
 성주의 양피지를 입수했습니다.

"이건 또 뭐야."

위드는 양피지를 읽었다.

거룩한 엠비뉴 신께 영원한 충성을 맹세합니다.

그리고 발생한 영상!
1등급 통돼지보다도 살이 피둥피둥 찐 호른 성의 성주가 검은 로브를 착용한 누군가에게 고개를 숙이고 있었다.
"그날이 오게 되면……."
"예, 물론입니다."
"병사들은……."
"준비를 마쳐 놓고 기다리겠습니다."
"엠비뉴를 따른다는 맹약은……."
"제 영혼에 걸고 영원할 것입니다!"
호른 성의 성주가 엠비뉴 교단에 충성을 맹세하는 장면이었다.

-엠비뉴 교단의 은밀한 후견인이 척살되었습니다.
신앙심이 14 오릅니다.

"이건 또 뭐야. 이상한 양피지로군."
그 이후에도 약탈을 하는 와중에 계속 새로운 정보를 입수할 수 있었다.

-티렉 도시 대표는 엠비뉴 교단의 광신도. 그가 준비하고 있던 군대를 전멸시켰습니다.

전투 중에도 메시지가 떴다.

그저 왕국이나 도시군과 싸우면서 이동하고 있었을 뿐인데 엠비뉴 교단에 대한 정보를 계속 입수하게 되는 것이다.

-엠비뉴의 비밀 연판장 #3을 입수하셨습니다.

-중요한 정보가 입수되었습니다.

띠링!

전쟁의 시대는 후세의 역사가들이 판단하기에 의미 없이 무가치한 싸움만이 벌어지던 야만적인 시기였다.
부패하고 무능한 국왕들, 무지하고 탐욕스러운 귀족들, 헛된 공명심으로 가득하여 피를 갈구하는 기사들로 가득 차 있던 시대.
그러니, 실제로 알려지지는 않았지만 엠비뉴 교단을 따르는 왕국들이 있었고, 이를 막기 위한 다른 왕국들의 숭고한 노력도 함께 존재했다.
그들은 세력은 약했지만 비밀리에 힘을 모아서 엠비뉴 교단을 따르는 왕국들을 견제했다.
어느 정도 시간이 지난 후, 엠비뉴 교단은 갑자기 활동을 중단하고 사라졌다. 그 이후 각 왕국들에 남은 건 원한뿐으로, 지루한 전쟁이 그치지 않고 이어지게 되었다.

-전쟁의 시대에 대한 배경 정보를 얻었습니다.
대륙의 정세에 중요한 변화가 발생합니다.
퀘스트가 갱신됩니다.
엠비뉴 교단과 관련된 새로운 퀘스트가 생겨서 기존에 진행하던 '세상을 위한 길'을 대체합니다.

사라지는 도시들 **211**

정복자의 등장

전쟁의 시대에 엠비뉴 교단의 하수인이 되어 버린 왕국들.
올바른 일을 하고자 하는 이들은 있지만 그들은 약하고 희망도 갖고 있지 않았다.
엠비뉴가 강림하기만을 기다리는 광신도들은 독버섯처럼 자리를 잡고 암암리에 퍼져 나갔다.
세상은 엠비뉴 교단에 의해서 태양이 떠오르지 않는 어둠으로 물들어 있는 바!
광활한 모래의 땅에서 온 파괴자는 기존의 세계정세를 바꾸어 놓고 있다. 타협하지 않는 패도를 추구하는 그대가 이 땅에 드리운 어두운 그림자를 지울 수 있겠는가?
목표는 엠비뉴 교단을 따르는 왕국들의 멸망!
그리고 최대한 많은 광신도들의 사망!
악을 퍼트리는 세력들에 힘을 주는 전쟁의 시대를 끝내기 위해서는 뿌리까지 단호하게 뽑아내야 한다.

난이도 : 조각술 최후의 비기 부가 퀘스트

퀘스트 보상 : 특별한 호칭과 스탯.

퀘스트 제한 : 아헬른이 찾아올 때까지 진행됨.
               본인이나 힐데른의 사망 시에는 퀘스트 실패.

목표 : 광신도들이 차지한 다간 왕국의 멸망.
     헤르가 강 주변 도시국가들의 파괴.
     제벤 왕국 멸망.
     광신도 훈련 기지가 있는 루프레아 공국의 초토화.
     비노세 도시국가 파괴.
     타룻 국가 연합 멸망.
     도시 이트아 방화로 초토화.
     그 외에 알려지지 않은, 엠비뉴 교단에 복종을 맹세한 왕국들의 멸망.

> 퀘스트 완수를 위해서는 최소 세 가지 이상의 목표를 달성해야 합니다. 다섯 가지 이상의 목표를 달성하면 엠비뉴 교단의 군대와 전투가 벌어지게 될 것입니다.
> **주의** : 아헬른은 동료들을 모으고 엠비뉴 교단을 습격하는 일에 당신의 협력을 구하기 위하여 직접 찾아오게 됩니다. 아헬른이 찾아오는 시기는 아우솔레토를 깨우려는 엠비뉴 교단의 준비 상황과 당신이 얻게 되는 악명에 달려 있습니다.
> 광신도들이 있는 왕국들이 많이 파괴될수록 엠비뉴 교단에서는 혼돈의 드래곤을 장악하기 위한 제물 마련이 어려워질 것입니다.
> 큰 정복 업적을 남기게 되면 조각술 최후의 퀘스트를 마치고 나서 전투 공적으로 신의 보상이 이루어집니다.
> 엠비뉴 교단이 입는 피해는 원래의 세계에도 세력을 약화시키는 영향을 미치게 됩니다.

"퀘스트가 달라졌군."

전쟁의 시대도 알고 보면 썩을 만큼 썩어 있었다.

그렇기에 정복자로서 이 땅의 왕국들에 드리워진 어둠을 걷어 내는 퀘스트 발생!

어쩌면 인생사도 이렇게 끊임없이 이어지는 퀘스트와 같다는 생각도 들었다.

유치원에서 아무 생각 없이 뛰어놀다가 엄마 손에 이끌려 초등학교에 들어간다.

나이를 먹을수록 어느덧 다니는 학원들이 하나 둘 늘어나고, 중학교, 고등학교, 대학교, 군대, 취직, 결혼, 내 집 마련, 육아가 연속으로 밀려오게 된다.

 살아간다는 건 정말 쉽지 않은 퀘스트의 연속이었다.

 본능적으로 직장 상사의 눈치를 보게 되고 과다한 업무를 마치기 위해서 야근을 하고, 회식 자리에 참석해서 분위기도 띄운다.

 집에 돌아오더라도 집안일이나 가족들을 챙기지 않으면 가장으로서 존중도 받지 못한다.

 그렇지만 어깨에 짊어지고 있는 무게만큼이나 살아가는 순간들의 행복도 있었다.

 레벨이 올라가고 보상을 받는 것도 그러한 것들이리라.

 위드도 퀘스트에서 비슷한 점들을 느꼈다.

 "그래도 내용은 딱 마음에 드는군. 지금까지 하던 대로 몽땅 파괴해 버리면 된다니까 말이야."

 정말이지 가장 적성에 맞는 퀘스트였다.

 높은 레벨에다 세계를 구하는 용사라는 직업을 얻고 나서 전투력도 더욱 올랐다.

 부하들도 용맹하고 믿음직스럽기 때문에 제대로 한바탕할 수 있지 않겠는가.

 현대사회에서는 억제되어야 하는 야망도 실컷 발휘할 수 있다.

 "대륙을 내 손으로 멸망시켜 버려야겠어!"

다간 왕국은 전쟁의 시대가 끝나기 직전에 멸망한 국가였다.

한때에는 중요한 곡창지대인 루벤 평원을 끼고 출중한 경제력을 자랑하기도 했다.

엠비뉴 교단에 암중으로 충성 서약을 함으로써 국왕과 귀족들은 재물을 얻었으며, 병사들은 특수한 힘을 얻어서 정복 활동에 나섰다.

인구가 적기에 강대국까지는 아니었지만 그럼에도 문화와 유적을 후세에 꽤나 많이 남긴 왕국 중 하나였다.

영토가 크게 넓어졌던 드로겐 왕의 전성기에는 큰 성을 13개까지 다스렸을 정도로 커졌다.

그렇지만 위드와 사막 전사들에 의해서 드로겐 왕이 태어나기도 전인, 원래의 역사보다 100년이나 일찍 침략을 당했다.

"자고로 전쟁이란 보급 문제부터 해결을 해야 되지. 다간 왕국이라면 가깝기도 하고 적당한 먹잇감이로군."

위드는 군대를 이끌고 다간 왕국의 국경을 넘었다.

다간 왕국의 왕실에서는 긴급회의를 열었다.

물론 이 장면들은 동영상을 통해서 위드도 볼 수 있었다.

대지의 여신 미네의 혜택이었다.

"사막 야만족들이 감히 무엄하게도 신성한 우리의 영토를 넘었나이다, 폐하."

"그렇군. 그대가 가서 따끔한 맛을 보여 주도록 하라."

왕실에서는 반쯤 벌거벗은 궁녀들과 왕과 귀족들이 뒤엉켜 있었다.

왕실의 기강이 무너져서 백전노장인 기사들은 좌천되고, 아부에 능숙한 귀족들만이 활개를 쳤다.

엠비뉴 교단을 믿고 따르면서 사치와 향락에 익숙해졌기 때문이다.

"야만인들을 박살 내는 일에는 국왕 폐하께서 직접 출정하셔야 하지 않겠습니까? 국왕 폐하의 존엄을 보여 주시면 인근 왕국들이 크게 놀랄 것이고, 요즘 불만이 많은 왕국민들도 조용해질 것입니다."

"그도 그렇다. 그러면 중앙군을 이끌고 내가 직접 정벌에 나가겠다. 야만인들에게 매서운 맛을 보여 주어야겠지."

"걱정이 되는 것은… 놈들이 보통 잔인한 것이 아니라고 하옵니다."

"나도 들었다. 그렇지만 놈들이 날뛰는 것도 여기까지다. 우리 다간 왕국의 중장갑기병과 중장갑보병은 절대로 뚫지 못할 철벽이니까 말이다."

"물론입니다, 폐하. 정복 사업을 진행하기 전에 연습 삼아서 싸워 보는 것도 좋을 것입니다."

"흐흐흐. 평소에 군대에 많은 돈을 투입한 보람이 있겠구나."

다간 왕국의 국왕은 6만이나 되는 병력을 끌고 평원으로 마중을 나왔다.

"저놈들을 보아라. 누가 궁병인지, 혹은 보병인지 구분도 되지 않는구나."

"갑옷도 통일되지 못하여 제각각이고 볼품도 없사옵니다, 폐하."

"자긍심의 상징인 깃발도 보이지를 않으니 오합지졸과 같습니다."

"그야말로 폐하의 존엄을 과시할 시간이 되었습니다. 병사들도 폐하를 모시고 나가면 힘이 날 테니 휴식을 취하고 내일까지 전투를 미룰 필요도 없을 것으로 보입니다."

다간 왕국의 귀족들은 위드와 사막 전사들을 보며 실컷 비웃었다.

정예병이란 관련 병과대로 편성이 되어야 한다는 기존의 상식!

전칠과 전팔의 표정이 굳었다.

"놈들이 우릴 보며 웃는군."

"저런 것도 잠깐 아니겠습니까? 사막에서는 감히 우릴 보면서 웃음을 터트리지 못할 테니까요."

위드가 타고 있는 쌍봉낙타도 주둥이를 오물거리면서 웃

었다.

"푸헤헤헹!"

낙타가 보기에도 다간 왕국이 어리석어 보였던 것이다.

사막 전사들은 전부 낙타병으로 구성되어 있으며, 여러 종류의 무기들을 다 잘 다뤘다. 사막에서는 기사들처럼 말에서는 창, 두 다리를 땅에 딛고는 검을 쓰는 규칙 따위는 없기 때문이다.

어찌 본다면 특정 무기를 잘 다루면서 극한에 이르기는 어렵지만 막싸우는 전투에서는 빼어난 능력을 발휘했다.

말을 타고 이동하며 화살을 쏘고, 돌격하여 손도끼를 던지고, 기사들을 향해서 철퇴를 휘두르면서 파죽지세의 위력을 발휘하기 때문이다.

"첫 전투이니만큼 적들의 능력을 시험해 봐야겠군. 1부대, 적진 돌파를 시도하는 척하다가 물러서고, 2부대는 오른쪽으로 멀리 우회하여 적들을 견제. 3부대는 대기하다가 적이 2부대를 따라오면 습격하고 빠져라. 4부대는 왼쪽으로 유인. 5부대는 활로 무장하고 기동전을 펼쳐라."

위드는 3,000명씩 나눈 사막 전사들을 바탕으로 탐색전, 중심 돌파, 원거리 공격 등의 다양한 전술을 지시했다.

"간다. 끼요호옷!"

흙먼지를 일으키며 낙타병들이 돌진을 시작했다.

6만 명이나 되는 거대한 적, 철벽처럼 단단한 방어력을 가

진 중장갑보병이나, 단숨에 적 방어선을 파괴하는 중장갑기병은 보통 위험천만한 전력이 아니다.

중장갑보병을 정면으로 돌파하려고 하면 많은 힘이 드는 것이 사실이다. 돌파 시도를 하다가 오히려 기병이 저지를 당하고 잡아먹히는 경우도 많았다.

위드는 굳이 정면 승부를 해야 하는 필요성을 느끼지 않았기에 다양한 전술을 시도했다.

"휘몰아쳐 버려야겠군."

각 사막 전사들이 부대별로 흩어지고, 모이고, 매섭게 공격을 하다가 한순간에 숨통을 끊어 놓는다.

"내가 전일이다!"

조각 생명체들. 그들은 사막 전사의 부대장 자리에 올랐다.

"갑시다, 형님!"

"오늘은 피의 축제를 벌이지요."

호전적인 조각 생명체 형제들은 각자 맡은 부대들을 데리고 적들을 습격했다.

따라잡을 수 없는 기동력과 파괴력, 그리고 두들겨서 진영을 교란하고 약점을 노출시키면서 잡아먹는다.

기본적으로 중장갑보병은 느리다는 약점을 이용해서 그쪽으로는 아예 상대해 주지 않다가 다른 군대들을 먼저 처리하고, 놈들이 쫓아오면 이동하면서 지치게 했다.

인근의 다른 부대를 먼저 끝내 놓고 그들을 스쳐 지나가면서 화살과 도끼 투척으로 빙글빙글 돌며 피해를 누적시켜서 해치웠다.

중장갑기병들은 그보다도 훨씬 간단한 상대다. 사막 전사들, 전장에서는 사막 기병들이 되는 위드와 부하들은 그들을 가지고 놀았다.

중장갑기병들이 최대의 파괴력을 발휘하는 돌격을 시도하면 좌우로 흩어져서 싸울 상대가 없도록 해서 무력화시킨다.

적에게 끝없는 막막함을 느끼게 하는, 교활함의 정점에 이른 전술이었다.

"사막의 야만인들아, 그대들은 명예도 모르는가!"

"하이에나 같은 족속들이구나!"

중장갑기병들은 길길이 날뛰었다.

기사들이라면 저런 비난을 받고 발끈할 수도 있지만, 사막 전사들에게는 그냥 별 소용없는 헛소리에 불과했다.

사막 전사들의 입담은 훨씬 거칠 뿐만 아니라, 정말로 명예와 기품 같은 것도 모르기 때문이었다.

"저놈들이 자꾸 이야기하는 명예가 뭐지?"

"몰라. 우리 부모님도 한 번도 말한 적이 없었어."

"사막의 대제이신 위드 님께서 명예에 대해서 말씀하신 적이 있지."

"뭔데?"

"많을수록 인생이 고달프다더군. 나쁜 짓을 적당히 저질

러야 건강하게 오래 산다고 했어."

위드의 말을 곧이곧대로 믿는 사막 전사들!

중장갑기병들의 질주가 끝나고 군마들이 지쳤을 때가 노리던 기회였다.

그들은 느리고 무겁기 때문에 정면 돌파는 강해도 측면 공격이나 멈춰 있는 동안에는 취약점을 드러낸다.

속도가 느려진 중장갑기병에게 사방에서 반전하여 역습을 가하고, 부대로 후퇴하는 적을 집요하게 뒤에서 쫓아가며 해치운다.

군사교범에 있는 전술이라고 볼 수는 없었다.

늑대들이 초식동물을 사냥하듯이 이리저리 집요하게 물어뜯으면서 쓰러뜨리는 방식.

궁병이나 보병, 기병의 병과를 우습게 여길 정도로 위드와 사막 전사들은 강하고 적의 약점을 잘 물어뜯었다.

위드가 22년간의 성장을 부하들과 너무나도 훌륭하게 마친 결과!

"졌소. 이제 그만 싸웁시다."

"항복하겠습니다. 우리를 귀족으로서 대우해 주시길 바랍니다."

대승을 거두고 나서 국왕과 귀족들의 항복을 받아 냈다.

벌써 다간 왕국 측의 사상자는 23,000. 포로는 25,000명 가까이 되었다.

사막 전사들 중에는 희생자가 거의 없었다. 일부 있더라도 위드와 함께 성장해 온 무리가 아니라 새로 영입한 사막 부족의 전사들이었다.

위드는 명령을 내렸다.

"포로들은 죽이지 말고 붙잡아라."

"예, 대제!"

그리고 다간 왕국의 파괴와 약탈!

"어떻게 이런 잔인한 짓을… 그대는 하늘이 두렵지도 않은가!"

항복해서 포로로 잡혀 있던 다간 왕국의 국왕과 귀족들이 길길이 날뛰었다.

"하늘? 그런 건 난 몰라. 진짜 무서운 건 겨울철의 난방비지. 애들아, 시끄러우니까 이 녀석들도 목을 쳐라!"

시끄러운 국왕과 귀족들도 모조리 참수!

띠링!

―엠비뉴 교단에 물든 다간 왕국의 지도층이 사라졌습니다.

다간 왕국의 성과 도시 들은 저항을 포기해서, 무혈입성을 할 수 있었다.

"우우우!"

"야만인들아, 썩 물러가라."

"이 땅은 엠비뉴께서 다스릴 것이다. 파괴. 파괴. 파괴!"

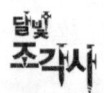

엠비뉴 교단에 빠져 있던 주민들은 지도층이 몰락하고 왕국이 무너진 이후로 본색을 드러내서 도시 곳곳에서 약탈과 방화를 하고 있었다.

도덕심이 높은 인간이라면, 명예나 악명에 무관심하다 해도 이런 상태에서는 주민들을 올바른 길로 이끌기 위하여 노력을 할 것이다.

예컨대 노들레였다면 다간 왕국은 훌륭한 새 지도자를 얻을 수도 있었을 것.

위드에게는 남의 일이었다.

"도시를 모조리 수색해서 값나가는 물건을 챙겨라. 그리고 철저히 파괴해라!"

체격이 좋은 청년들은 강제로 징병하여 노예 병사로 만들었다.

위드는 단숨에 병력을 6만까지 늘릴 수 있었다.

그렇지만 전투병이라고 하기에는 많이 어설픈 엠비뉴의 광신도 청년들!

충성심이 없으며 언제나 탈영의 기회만 엿보고 있었다.

"그다음 전장은 에루나로 한다. 진군!"

6만의 대군이 걷거나 마차를 타고 이동을 했다. 전투 물자도 산더미처럼 뒤를 따라왔다. 상인들로부터 강제로 교역품과 마차를 징발한 덕분이었다.

위드는 전쟁의 시대에 뛰어든 이상 제대로 악역을 맡기로 결정했다.

"욕은 어중간하게 먹으면 안 돼. 시작한 이상 제대로 해 봐야지."

퀘스트가 엠비뉴 교단과 싸우는 정복자를 원한다면 그에 걸맞게 행동해 주면 될 일이다.

다간 왕국에서 무기를 들 만한 청장년층은 싹 쓸어 왔기 때문에 점령지의 반발도 그리 고려할 만한 요소는 아니었다.

그리고 에루나 왕국에서의 전쟁!

다간 왕국보다도 훨씬 큰 국가로, 전쟁의 시대가 끝나고도 한동안 길게 역사를 이어 가던 나라였다.

위드는 부대들을 이끌고 신속하게 진군하여 에루나 왕국의 중요한 요새 브룬하임을 에워쌌다.

"이 야만인들아, 저리 꺼져라!"

"곧 국왕 폐하께서 지원군을 보내 주시면 너희는 한 놈도 돌아가지 못할 것이다."

에루나 왕국은 요새 브룬하임을 바탕으로 농성을 결정했다. 위드와 그 부하들의 승리가 이곳으로 전해져서 경계를 하고 있었기 때문이다.

"전쟁의 시대에서 영원히 살아갈 것도 아닌 이상 나한테 한가롭게 보낼 시간 따위는 없어. 노예 병사들을 이제 제대로 된 싸움꾼으로 만들 기회로군."

위드는 여기서도 무자비한 작전을 실행에 옮겼다.

"다간 왕국에서 징병한 병사들에게 활과 화살을 나누어 주어라. 몸을 가릴 갑옷이나 방패는 줄 필요 없다. 그리고 요새까지 전진하면서 화살을 쏘도록 해라."

"예, 대제."

명령에 따라 사막 전사들은 강제로 징집한 병사들에게 활을 나눠 주었다. 그리고 그들을 강제로 전진시켰다.

요새 브룬하임의 성벽에서 화살이 날아와서 병사들을 맞혔다.

"어떻게 이럴 수가……."

"안 돼. 난 죽고 싶지 않다고!"

뒤돌아 도망쳐 오는 병사들은 사막 전사들에 의하여 즉결 처형!

사막 전사들의 무자비함에는 질리도록 당해 왔던 병사들이기에 당황하지 않을 수 없었다.

요새 브룬하임에서는 그들의 사정 따위는 고려하지 않고 적으로 인식하고 공격하고 있었으며, 물러서더라도 죽음이다. 뭐라도 해 보려면 성벽을 향하여 화살을 쏘지 않을 수가 없었다.

그럼에도 불구하고 공격을 당해 픽픽 쓰러지는 노예 병사들!

갑옷은커녕 몸을 가릴 수 있는 기초적인 방패도 없는 까닭이었다.

몸을 숨길 수가 없으니 무조건 성벽을 향하여 화살을 쏘며

사라지는 도시들 **225**

악착같이 피해야 했다.

4만의 노예 병사들이 절반 가까이 허망하게 죽어 나갔다. 강제로 끌고 왔지만 엄청난 희생이었다.

위드는 그런 처참한 상황을 보면서도 다른 생각을 했다.

'오늘 저녁에는 짜파게티를 먹을까, 라면을 먹을까? 음, 비빔면도 먹고 싶은데.'

인생에서 갈등되는 선택들!

유저들 중에는 NPC에게 정을 붙이고 친해지는 경우도 많다. 서로 도움을 주고받기도 하며, 퀘스트나 동료로서 돈독해진 친밀도는 수치 그 이상의 관계를 형성하기도 한다.

위드와 조각 생명체들도 그런 애증이 뒤섞인 비슷한 관계라고 볼 수 있었다.

아무리 부려 먹고 혹사시키더라도 뭔가 부족한 듯한 느낌!

나약한 NPC 병사들이 죽어 나가는 것은 위드에게는 별로 관계가 없는 일이었다.

이들은 현재의 시간대에만 존재할 뿐이고, 훗날에는 이미 다 사라지게 될 NPC들이다. 냉정히 말해서 과거의 역사로 들어왔으니 적당히 활용할 수 있는 소모품으로밖에는 여기지 못했다.

강자에게 약하고 약자에게 강한 것이 안락한 삶의 노하우가 아니겠는가.

"이 정도면 됐군. 병사들을 후퇴시켜라."

"예, 대제!"

사막 전사들은 병사들에게 퇴각해도 좋다는 신호를 내렸다.

성벽 위까지 날아간 눈먼 화살 몇 개에 요새의 수비병이 좀 다쳤을지도 모르기는 하지만, 피해는 거의 전무하다고 할 수 있었다.

수비병의 화살을 소모시켰다고 볼 수도 없는 것이, 요새의 전투 비축 물자가 하루 이틀의 전투로 떨어질 리도 없다.

"갑작스러운 반란을 막기 위해서라도 병사를 좀 줄여 놔야지."

이번의 전투로 노예 병사들은 에루나 왕국을 매우 미워하게 되었으리라.

에루나 왕국을 점령하여 강제징병을 하게 되면 노예 병사들끼리 알아서 적대 관계를 형성하며 다툼이 잦을 게 틀림이 없다.

더불어 사막 전사들에게는 한없는 두려움을 느끼게 된다.

위드와 사막 전사들은 그들의 공포를 적절히 관리하며 전장으로 내보내서 써먹으면 되는 것이다.

이런 용병술이야말로 유치원 때부터 친구들끼리의 이간질을 통해 쌓아 올린 인간관계에서 비롯되는 것.

그날 저녁, 위드는 조각품을 깎았다.

요새 브룬하임의 땅과 건물을 축소시켜 놓은 것처럼 정밀하게 표현된 조각품!

지진이 요새를 두 쪽으로 갈라놓고 있었다.

위드는 부하들을 데리고 요새가 거의 보이지 않을 정도로 한참 뒤로 물러섰다.

"대재앙의 자연 조각술!"

쿠르르르르르르르릉!

제대로 서 있을 수 없을 정도로 땅이 흔들렸다. 상당히 먼 곳에 떨어져 있는 낙타와 말 들까지 날뛰고, 마차는 바퀴가 떨어져 나가고 부서졌다.

그리고 석조 요새인 브룬하임의 두꺼운 성벽은 거짓말처럼 허물어졌다.

수비를 위한 궁수 탑이 쓰러지면서 건물에 부딪치고, 병사들이 그 아래에 깔렸다.

아득하게 들려오는 비명, 처참하고 무지막지한 위력을 가진 대재앙의 자연 조각술!

자연과의 친화력이 높아질수록 위력이 강해지지만 그만큼 무지막지한 페널티를 가진 이 아까운 스킬을 공성전에서 사용한 이유는, 빠르고 확실한 승리를 위해서였다.

"돌격."

위드와 사막 전사들은 낙타를 탄 채로 무너진 성벽을 뛰어넘었다.

억울함과 두려움으로 눈이 붉게 충혈된 노예 병사들은 여전히 갑옷도 입지 않은 채로 검 한 자루만 들고 뒤를 따랐다.

믿고 있던 요새가 허물어지자 에루나의 병사들은 제대로 대응도 하지 못했다.

"종말의 날!"

위드는 스킬을 써서 발광하며 말에도 올라타지 못한 기사단을 쓸어버렸다.

"흑기사의 일격!"

그 누구도 감히 위드의 검을 한 번이라도 받아 낼 수가 없었다. 그리고 작렬하는 광역 스킬.

날뛰고 있는 사막 전사들 또한 마찬가지였다.

사막을 평정한 뜨거운 군대가 요새 브룬하임을 무너뜨리고 있다.

"으와아아아아!"

"공격해. 다 죽여라!"

노예 병사들도 에루나의 병사들을 마구 베었다.

활 하나만 주어진 채 성벽을 향해 내몰릴 때의 막막함과 공포!

위드와 사막 전사 부대에는 감히 그 불만을 표출할 수가 없었기에, 모든 증오는 에루나의 병사들에게로 향했다.

"포로를 잡을까요?"

전투가 확실한 승리로 굳어 가고 있을 때 전일이 물었다.

"아니. 우리를 상대로 농성을 시도한 것은 용서할 수 없다. 모두 죽이고 요새 전체를 불태워라."

"…정말이십니까?"

"그래."

위드는 부하들에게 명령을 내려 살아 있는 주민들과 함께 요새를 완전히 태워 버렸다.

―악명이 48,921 올랐습니다.
카리스마가 27 높아집니다.
호칭 '잔인무도한 희대의 살인마'를 획득하셨습니다.

무자비한 전쟁 폭력!

가히 인간으로서 저지를 짓이 아니었다. 하지만 위드는 퀘스트라고 생각했고, 이런 건 적당히 해서는 잘하지 못한다.

"앞으로의 전투를 원활하게 진행하기 위해서는 더 큰 공포를 심어 줄 필요가 있어."

전쟁의 시대에는 주민들의 의식도 조금 특수했다.

그들은 존중해 주면 금방 반란을 일으키고, 사막 부족이라는 이유로 업신여긴다.

노예 병사들도 엠비뉴 교단을 믿고 있기 때문에 공포로 억누르지 않으면 계속 반발을 할 것이다.

무자비한 폭력이 최선의 해결책은 아니더라도, 주민들로 하여금 반란은 꿈도 꾸지 못하도록 억누르는 효과는 있었다.

대살육을 목격하고 동참한 노예 병사들은 이제 얼어붙었다. 그리고 일어난 역효과!

"멋지다."
"으음, 우리가 생각한 이상적인 폭군이시군."
"에, 엠비뉴의 화신임이 틀림없어. 그 누가 이렇게 황홀한 광경을 만들어 낼 수 있겠는가 말이지."

브룬하임의 폐허에서 기뻐하는 엠비뉴의 광신도들!

스스로 감화된 노예 병사들은 다음 전쟁터에서도 적극적인 활약을 벌였다.

그렇게 몇 번의 전투에서 승리를 거두면서, 패잔병을 수습하고 강제징집을 통하여 노예 병사들이 20만을 넘어서게 되었다.

공성전을 통해서 패배한 쪽은 가축까지 씨를 말려 버렸으니 대륙 전체에 위드와 그의 부대에 대한 두려움이 깊숙하게 퍼져 갔다.

정복자로서 무자비한 활동을 하는 위드를 말릴 수 있는 사람이 있다면 오직 서윤뿐이었다.

그녀는 위드가 전투를 치르는 것을 몇 번 보더니 군대의 자금과 관련된 권한을 달라고 했다.

"…그래? 그렇다면야, 뭐."

부모, 형제, 자식 사이에서도 믿을 수 없는 돈 거래!

그러나 서윤이 사막에서 어떤 식으로 내조를 했는지를 알기에 위드는 쉽게 허락했다.

'알아서 잘하겠지. 어차피 돈은 있더라도 쓸 일도 없으

니까.'

 필요한 물품이 있으면 약탈하면 될 뿐!

 서윤은 몇몇 상인들에게 후하게 돈을 지급하면서 군대에 필요한 물자들을 제공하게 했다.

 전쟁의 시대에서, 돈에 눈이 멀어 있는 상인들은 황금만 준다면 무엇이든 했다.

 "이번 거래에 감사드립니다. 더 시키실 일은 없으신지요?"

 몇 번의 거래를 성공적으로 하고 나서, 서윤은 그들에게 특별한 주문을 했다.

 "…하실 수 있나요?"

 "근처에서 구하기는 어려운 생물입니다만 상단의 마법사들을 통해서라도, 혹은 선이 닿아 있는 왕실의 텔레포트 게이트를 통해서라도 빨리 구해 오겠습니다. 네? 일찍 구해 오면 그만큼 돈을 더 주신다고요? 아이고야, 이렇게 감사할 데가! 수단과 방법을 가리지 않겠습니다요."

 그리고 상인들을 통해서 코끼리 300마리를 구했다.

 지금까지 위드의 군대는 사막 전사들을 주축으로 한 기병과 노예 병사들로만 구성되었다.

 이에 더해 군대의 위엄을 세우고 적들에게 공포를 심어 주도록, 서윤이 전투 코끼리 부대를 편성해 준 것이다.

연합군을 격퇴하고 난 이후 승승장구하는 하벤 제국!

모로스 성은 중앙 대륙의 교통의 요지로서 상당히 중요한 곳이었다. 고급 가구와 벨벳, 향료의 거래지로, 역사적으로 크게 발달한 상업 도시였다.

브리튼 연합 왕국을 정복하던 당시 하벤 제국의 영토로 편입되어서, 지금까지 많은 세금을 바쳐 온 땅이다.

영주는 로프너!

"역시 헤르메스 길드에 뇌물을 바쳐서라도 이곳을 차지하길 잘했지. 그때 들였던 막대한 돈은 도시를 다스리는 동안 세금을 인상해서 회수하면 되니까 말이야."

영주가 뿌듯한 기분을 만끽하며 창밖을 보는데, 푸른 하늘 아래 가득 펼쳐져 있던 주택들이 어제보다 줄어든 것 같은 느낌이 들었다.

"루오니, 저곳에도 주택들이 있었던 것 같은데… 언제 황무지로 변했지?"

"글쎄. 나도 잘 모르겠는데."

"그냥 내 착각인가."

"아마도 그렇겠지. 주택가가 황무지가 될 리는 없잖아."

잠시 동안은 별걸 다 착각한다면서 웃기도 했다. 영주라고 해도 도시 전체의 모습을 구석구석까지도 확실하게 기억하고 있기란 어렵기도 했으니까.

하지만 뜨거운 여름날 아이스크림 녹듯이, 그들이 지켜보는 가운데에도 외곽의 주택들이 사라지고 있었다.

"이거 왜 이래? 저쪽은 분명히 고급 주택가였는데 건물들이 작아졌어. 어? 지금은 완전히 없어졌다."

"무슨 사건이 벌어지고 있는 건가? 갑자기 주택들이 사라지고 도시를 나누는 경계선이 줄어서 도시가 작아지다니! 말도 안 되잖아."

로프너는 영주의 권한을 이용하여 내정 모드로 주민 숫자를 알아보았다. 그런데 어제보다 무려 3만 명이 줄어 있는 것을 확인할 수 있었다.

"이게 어떻게 된 거야? 전염병이라도 돌고 있는 건가."

정신 줄을 놓을 수밖에 없는 상황!

주택들의 감소로 시작된 변화는 곧 모로스 성의 상업 지구 축소로 이어졌다.

거리에서 오고 가는 상인들이 뜸해지더니 번화하던 상업 지구가 눈에 띄게 위축되었다.

교역품 감소는 물론이고, 길거리에 보이는 주민들의 옷차림조차도 점점 빈한해졌다. 배가 남산처럼 튀어나오고 턱살이 피둥피둥 쪄 있던 상인이 날씬해지더니, 나중에는 피죽도 못 먹은 것처럼 깡마르게 변했다.

그리고 먼 길가의 상점부터 하나씩 폐쇄되고 건물이 사라

져 갔다.

상업 지구 자체가 폐쇄되고 난 이후부터 도시는 그대로 녹아내리듯이 사라지고 있었다.

도로와 건물이 있던 자리는 큼지막한 돌덩이와 무성하게 자라난 잡초들이 뒤덮였으며, 황무지 그리고 가까이 있는 숲도 영역을 무섭게 넓혀 왔다.

"무슨 일이야!"

"이거 왜 이래."

뒤늦게 알게 된 헤르메스 길드의 소속 유저들도 당황했고, 이러한 변화는 곧 도시에서 활동하는 일반 유저들도 알아차렸다.

상인 유저들은 많은 관세를 내고 모로스 성까지 들어왔다.

성문 밖에도 수백 명이 차례를 기다리고 있었는데 눈앞에서 도시가 그대로 사라져 가는 것을 보고 있는 황당한 기분!

"뭐, 뭔가 장관이긴 하다."

"그치. 어디서 이런 걸 보겠어."

어쨌든 남의 일이기 때문에 즐겁게 구경할 수는 있었다.

건물과 주민 들이 사라지면서 거리에 우두커니 서 있는 유저들만 그 자리에 남았다.

무기점에서 물건을 살펴보다가 건물 자체와 구매하려는 물품이 손 위에서 없어지는 이상한 경험을 한 유저들도 있었다.

그렇게 도시는 얼이 빠진 유저들만을 남겨 놓고 사라졌다.

모로스 성 역시 성벽에서부터 차츰 없어지기 시작하더니 헤르메스 길드원들만을 땅에 남겨 두고 흔적도 없이 자취를 감췄다.

　모로스 성과 상업 지구가 있던 도시는 그저 넓은 벌판과 황무지, 숲이 있는 땅으로 변하고 말았다.

　그와 거의 동시에, 가장 가까운 강가에 나무로 지은 건물이 여섯 채 생겨났다. 작은 배들을 띄워서 한가로이 낚시를 하는 어부 NPC들이 보였다.

　헤르메스 길드원들은 그들에게 달려갔다.

　"저기요, 말씀 좀 묻겠습니다."

　"뭐요? 여기는 몇 년간이나 사람들이 찾아오지 않던 장소인데 갑자기 이렇게 많이들 나타나니 놀랍구만."

　"예?"

　"그래, 어디서 왔소? 북쪽이오, 남쪽이오?"

　낚싯줄에 미끼를 끼우던 어부의 말에 헤르메스 길드원은 답답함을 느껴야 했다.

　"우린 여기에 있던 모로스 성 사람입니다."

　"모로스 성? 이 부근에 그런 성이 있다는 이야기는 들어 본 적도 없는데."

　"바로 저쪽 넓은 땅에 불과 10분 전까지만 해도 세워져 있었단 말입니다."

　"에이, 농담하지 마시구려. 저기는 황무지잖소. 게다가

우리 아들이 매일 뛰어다니는 곳인데? 재작년에는 저곳에 작은 밭이라도 일구어 보려고 하다가 자갈이 너무 많아서 포기해 버렸지."

 헤르메스 길드원들, 특히 로프너는 어부가 무슨 이야기를 하고 있는 것인지 영문을 알 수가 없었다.

 로열 로드에서 여러 퀘스트를 진행하다 보면 이해력이 올라가게 된다. 그럼에도 대도시를 가진 영주였다가 순식간에 모든 것을 잃게 된 그가 갑자기 벌어진 사건에 대해서 열린 마음을 갖기란 불가능했다.

 어부들이 있는 곳으로 따라온 일반 유저들도 귀를 쫑긋 세우고 이야기를 들었다. 모로스 성이 사라지게 된 것은 그들에게도 호기심을 자극할 만한 일이었다.

 헤르메스 길드원 중 1명으로, 키가 작은 도둑 유저가 눈동자를 떼구르르 굴리더니 물었다.

 "그럼 여기에 모로스 성이 없단 말씀이십니까?"
 "당연하지 않소? 이곳에서 가장 가까운 성은 헤펜인데."

 헤펜도 옛 브리튼 연합 왕국의 영토로 하벤 제국에 속하게 되었다. 뭐, 어쨌거나 그곳은 아직 무사한 것 같아서 다행이었고, 어부와도 말은 통할 것 같았다.

 "모로스 성이 갑자기 사라진… 아니, 그러니까 혹시나 여기에 원래부터 없었단 말씀이신지요? 그리고 들어 보신 적도 없고요."

"음, 그렇지."

"어르신은 이곳에서 쭉 낚시를 하면서 사셨고요."

"일곱 살 때부터였으니까 30년이나 되었군. 평생을 이곳을 떠나지 않고 낚시질을 하면서 살았지. 내 아내는 그물 짜는 일을 한다오."

모종의 사건이 벌어져서 베르사 대륙에서 모로스 성이 자취도 없이 사라졌다는 건 이해할 수 있었다. 물론 헤르메스 길드원들과 로프너 입장에서는 납득까지 할 수는 없는 것이었지만 말이다.

"왜 여기에는 성이나 도시가 없고 사람이 많이 살지 않죠? 땅이 꽤 넓고 좋아 보이는데요."

"음, 그야… 오래전 헨튼 성 시절에는 여기에 거주하는 사람이 많기는 했다고 어느 여행자에게 들어 본 적이 있소."

헨튼 성이라면 브리튼 연합 왕국이 이 지역을 점령하기 이전에 에루나 왕국이 다스리던 시기의 이름이다.

"사막 부족의 대침략 이후로 헨튼 성은 주춧돌 하나 남기지 못하고 사라져 버리고 사람들은 모두 떠나 버렸지."

"대침략요?"

"그렇소. 그건 대재앙이라는 말밖에는 전해지지 않소. 에루나 왕국으로서는 막을 수가 없었지. 불세출의 악마 위드가 모든 것을 앗아 가 버렸으니까."

위드!

그 이름만큼이나 모든 변화를 납득하게 만드는 사람이 베르사 대륙에 또 있을까.

유저들 중에서는 지금의 상황을 추리하는 이들도 나타났다.

"설마 남부 사막지대에 갑자기 도시들이 생겨나고 발전하는 것과 지금의 사태가 연관이 있나?"

"맞을 것 같아. 거기는 사람도 늘어나고 도시도 커지는데, 대신 모로스 성은 사라져 버린 거지."

"아니, 도대체 무슨 퀘스트를 하면 이런 식의 마법 같은 일을 벌이는 건데?"

"난들 아나. 아무튼 모로스 성은 쫄딱 망해 버렸네."

"그런 거 같아."

사정을 파악한 헤르메스 길드원들은 기절하고 싶을 지경이었다.

모로스 성의 상업적인 가치는 대단했고, 동시에 교통의 요충지이기도 했다. 모로스 성이 사라지게 되면 헤펜 성과 마드헤드 간의 교역에도 막대한 차질이 빚어지게 된다.

당장 이곳 주변으로는 많은 몬스터들의 무리가 날뛰고 있었다. 모로스 성에 주둔하고 있는 군대를 출진시켜서 정기적으로 토벌하지 않으면 안 되는데, 성과 함께 몽땅 없어져 버렸으니 앞으로 어떻게 해야 할지 막막한 문제였다.

"그럼 우선 헤펜으로 가서 대책을 세워 보죠. 그들로부터 지원을 받아 모로스 성도 재건을 해야 하니까 말입니다."

"30분만 달리면 되니까 바로 가 봅시다."

헤르메스 길드원들이 대화를 나누고 있는데 어부가 끼어들었다.

"여기서 가장 가까운 성은 프레이달이라오."

"예? 헤펜 성이 더 가까운데요. 프레이달은 상당히 먼데. 말을 안 타면 어림잡아 2시간은 가야 되잖아요."

"아까 헤펜이 가장 가깝다고도 하셨는데요?"

어부가 머리를 긁적였다.

"내가 언제 그랬소? 기억이 나지 않는데… 헤펜이란 이름은 처음 들어 보는군."

헤르메스 길드원들의 얼굴이 새하얗게 질리고 말았다.

그리고 바로 그 시각, 헤펜 성의 사람들도 도시가 신기루처럼 사라져 버리는 기현상을 목격하고 넋이 나가 버리고 말았다.

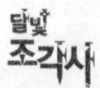

과거에서 벌어지는 전쟁

역사의 변화!

위드의 모험이 베르사 대륙에 중대한 변화를 이루어 내면서 게시판은 뜨겁게 달아올랐다.

- 벌써 성 6개, 도시 12개가 아작 났어요.
- 아싸, 신 난다.
- 흔적도 없이 사라진 성이 4개, 그리고 반토막이 난 곳이 2개.
- 불세출의 악마 위드 파이팅!
- 근데 역사에 나온 사막의 대제 위드가, 전쟁의 신 위드와 동일인이 맞긴 한 거예요?
- 맞겠죠. 맞을 겁니다. 아니면 누가 이런 짓을 하는데요?
- 위드가 그냥 당하고 있을 사람이 아니죠. 마법의 대륙에서부

터 그 옹졸함은 소문이 났었거든요.

-위드와 친구 하고 싶어요.

-저는 위드 부하라도 괜찮은데요. 뒤만 졸졸 따라다니고 싶음.

-근데 요즘 화제가 되고 있는 역사책, '야만적인 위드 대제' 보셨어요? 가는 곳마다 무슨 대학살극을 벌였다는데……. 위드 님은 착한 분인 줄 알았는데 좀 지나친 거 아닌가요?

-이유가 있겠죠.

-정확히 알지도 못하면서 비난부터 하지 맙시다.

-죽을 만하니까 죽였을 겁니다.

-착한 사람은 맨날 당하고 살아야 돼요? 헤르메스 길드가 그렇게 공격하는데 그냥 비굴하게 앉아서 억울하게 당하기만 하면서 살아야 된단 말입니까?

-퀘스트가 뭔지 몰라도 사막 부족의 입장에서는 충분히 할 수 있는 일이죠. 종족이나 부족 간의 차이에서 이해할 수 있어요.

게시판에서는 논쟁도 벌어졌다. 갑자기 도시와 성이 사라져서 불편함을 겪는 유저들의 원망도 상당히 많았던 것이다.

-위드. 저는 좋게 봤는데 제가 마련한 집이 그냥 먼지처럼 날아가 버렸습니다. 이게 무슨 행패인가요!

-그러면 그냥 모라타로 이사하세요.

-이주를 위해서 좋은 기회네요.

-북부로!

위드의 모험을 좋아하던 유저들과, 헤르메스 길드의 악행

에 지친 유저들에게는 신 나는 일이었다.

그들의 부조건적인 악성 댓글 방어!

중앙 대륙의 유저들도 막상 자기 일이 아니라면 통쾌해했다.

하벤 제국이 전쟁을 일으키고 있어서 좋아하지도 않을뿐더러, 다른 도시들이 망해 버리면 자신에게는 이득이었다.

-저는 교역을 하려고 헤펜 성까지 갔는데 헛걸음했어요. 완전 짜증 남. 무슨 일을 벌일 거면 저처럼 무고한 사람이 피해를 입지 않도록 예고라도 해 주는 게 예의이자 상식 아님?

-이런 분들이 하벤 제국에 부지런히 세금 바쳐서 헤르메스 길드에 전쟁 자금을 대 주시는 분들임?

-돈에 눈이 멀어서 진짜 중요한 게 무엇인지를 모르는 분이군요. 손해 본 돈 제가 드릴 테니까 벤트 성으로 오세요. 가몽 찾아오시면 돼요.

-북부 상인의 전설 가몽 님이시군요!

-오오오, 가몽 님이 나타나시다니.

그리고 중요한 글도 등록이 되었다.

제목 : 나는 위드가 무슨 모험을 하는지 알고 있다

많은 분들이 궁금해하는 위드의 모험!

후후후, 저의 뛰어난 추리력으로 정답을 알려 드리지요.

참고로 말하자면 저는 전교 1등에 전국 수석 출신임. 우리 엄마가 맨날 친척들 이웃들 모아 놓고 제 자랑 함.

우선 몇 가지 단서들을 모아 보도록 하죠.

위드의 모험으로 인해서 사막에 도시들이 세워지고, 또 어떤 도시들은 없어지기도 합니다. 그리고 역사서에 갑자기 위드가 기록되어 있고, 오래된 사람처럼 불리기도 하지요.

누구나 이루고 싶었던 꿈!

이 베르사 대륙의 위대한 영웅으로, 그것도 과거에 불세출의 업적을 쌓았던 영웅의 전설이 세워지고 있는 것입니다.

헌데 누구도 위드를 만났다는 사람도 없고, 주민들도 직접적으로 위드에 대한 말은 하지 않으면서 그저 옛사람의 이야기라고만 합니다.

이러한 변화는 지금 해낼 수 있는 게 아닌, 오래전에 이루어지고 있다고 볼 수밖에는 없습니다.

즉, 위드는 현재의 베르사 대륙이 아니라 먼 과거의 베르사 대륙으로 가서 모험을 하고 있는 것입니다.

북부에 갑자기 사막 부족의 이주민이 나타나는 것도 비슷한 맥락으로 이해할 수 있습니다.

아아, 여기까지 말해도 믿지 않는 분들이 물론 많을 것으로 압니다. 사람들은 자신들이 알고 있는 지식만을 바탕으로 생각하기 마련이니까요.

제가 이야기를 했지만 사실 말이 안 되기는 하죠.

우선 과거의 베르사 대륙이 실제로 존재하느냐가 관건인데, 상

식적으로 볼 때 옛날의 베르사 대륙도 지금과 같은 세계가 정교하게 만들어져 있어야 합니다.

이러한 방대한 데이터와 자원이 단 1명을 위해서 지원된다는 건 기술적으로도 어렵고 경제적으로는 더욱 터무니가 없죠.

하지만 여기는 로열 로드입니다.

이곳의 수많은 전설이나 모험을 바탕으로 생각해 본다면 충분히 가능하리라고 믿습니다. 유니콘 사의 기술력은 상상을 초월하는 일들을 곧잘 이루어 내니까요.

위드가 활약을 하고 있는 건 아마도 사람들의 입에 오르내리는 것처럼 전쟁의 시대!

그리고 어떠한 이유인지는 모르지만 그는 우리가 알고 있는 것보다도 훨씬 강합니다.

그가 사막에서 성공적으로 이루어 냈다는 사냥들, 그리고 중앙 대륙에서 부하들을 이끌고 치른 전쟁의 이야기를 듣다 보면 황당무계할 정도입니다. 유저들의 무력이 지금 상당히 높아졌다고 해도 감히 범접하지도 못할 정도로 높은 레벨을 얻은 것이죠.

아마 이건 어떠한 중요한 퀘스트를 진행하고 있는 와중임에 틀림없습니다.

그 퀘스트는 지금까지의 어떤 것보다도 난이도가 높을 수 있겠죠.

여기까지가 제 추측이지만, 완벽하게 맞을 거라고 확신합니다.

또한 과거로 돌아간 위드가 전쟁도 벌이면서 역사를 바꿔 놓고 있지만, 이것이 현재의 세계에 100% 완벽하게 영향을 미치는 건 아니라고 봅니다.

위드가 세웠던 도시가 그 후의 역사에 의해서 사라지게 될 수도 있고, 파괴했던 도시가 다시 세워질 수도 있는 겁니다.

매우 흥미로운 부분이죠.

한 시대의 인간이 매우 큰 업적을 쌓으면 수백 년 후의 세계가 어떻게 변하게 될지를 상상할 수는 있을 겁니다.

누구나 추측하고 꿈꿀 수는 있지만 위드는 자신의 행동이 낳은 결과를 실제로 지켜보는 것입니다.

얼마나 재미있겠습니까?

그것도 대단한 정복자가 되어서 한 시대의 역사를 바꾸어 놓고 있는데요.

이런 재미까지 창출해 낼 수 있다니, 과연 로열 로드는 대단합니다.

저 역시도 천재적인 두뇌를 바탕으로 투자은행이나 법률 쪽에 근무를 하려고 했지만 미래의 꿈을 유니콘 사에 입사하는 것으로 바꾸었습니다.

유니콘 사라면 명석한 두뇌와 통찰력을 가진 제가 다니기에 나름 괜찮을 것 같군요.

자, 지금까지 설명 잘 들으셨습니까?

어디 궁금한 점이 있으시면 물어보시죠. 지적도 환영합니다. 당연히 제 주장들은 확실하지만 말이죠.

그리고 이어진 댓글들 3,900개.

-밥은 먹고 다니냐.

-너 친구 없지?

-약 먹을 시간이다. 간호사, 205호 환자 어디 갔어!

-명석한 두뇌에 감탄했습니다. 저 초등학교 5학년인데요, 숙제 좀 도와주세요.

악성 댓글들로 가득했지만 글의 내용 자체에 대해서는 따지지 않고 대부분 공감했다. 사실 이때쯤부터는 유저들도 위드의 모험이 어떻게 진행되고 있는지 대략이나마 직감했던 것이다.

과거의 베르사 대륙에서 모험을 한다는 것이 잘 상상은 되지 않았지만, 몇몇 퀘스트에서 역사적인 전투를 경험하는 걸 본 적도 있다 보니 이해도 되었다.

단지 부러울 뿐!

자신들도 로열 로드에서 위드와 같은 심장 뛰는 모험을 하고 싶었다.

최소한 텔레비전에서라도 보면 가슴의 답답하던 무언가가 탁 풀리는 기분이 들었다.

모험에 대한 이야기가 걷잡을 수 없이 불거져 나오면서 방송국들도 참을 수 없는 단계에 이르렀다.

"무조건 잡아. 이번 주 내로 출연 계약서나 사표 중에 하나 제출해!"

 "다른 방송국보다 무조건 2배로 질러! 왜 사람들이 CTS미디어를 재벌 방송이라고 부르는지 확실히 알려 주도록 해."

 "구체적인 내용이 확실하지 않다고? 그런 게 뭐가 중요한데! 방송 일 하루 이틀 했어? 방송만 틀어 주면 알아서 시청률이 오를 판이고 광고주가 총알택시 타고 달려오는데 지금 이 와중에 뭘 따지고 있어?"

 KMC미디어처럼 전문적인 게임 방송 채널도 있지만, 로열 로드가 대흥행을 거두면서 기존의 지상파 방송이나 업종이 전혀 다른 재벌 기업들도 많이 진출했다.

 단순한 게임 방송이 아닌 로열 로드 내의 여가, 생활, 스포츠, 모험, 상업 등을 아우를 수 있다.

 유명한 투자 전문가들이 상업에 대한 조언을 주기도 하고, 현직 스포츠맨들이 특별한 모험을 만끽하는 장면들도 편성이 되었다.

 수영 선수들이 바다를 가로지르고, 기수들이 말을 타고 장거리 횡단에 나서는 방송 이벤트들이 쏟아졌다.

 선견지명이라고 해도 좋을 정도로 일찍 로열 로드와 관련된 방송을 시작한 회사들은 쏟아지는 광고의 홍수 속에서 매출액과 순이익을 늘려 가고 있었다.

 로열 로드의 방송사를 가지고 있으면 최첨단을 달리는 고

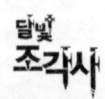

가의 프리미엄 제품들을 홍보하는 데에도 유리하다.

그룹 전체의 이미지에도 긍정적이라서, 막대한 자본이 투입되면서 새로운 방송국들도 개국했다.

외국의 BBA, 울프, ABCD 같은 유명 방송국들도 참여하고 있기에 그 경쟁률이야말로 놀라울 지경.

로열 로드는 외국에서 뒤늦게 더 뜨거운 열풍이 불어오기도 했다. 유럽의 긴 휴가철에 사람들이 로열 로드만 해서 휴양지에 찬바람이 드는 정도는 일상적인 일이 되었다.

화끈하게 즐기는 외국인들은 외모에 신경을 쓰지 않고 오크, 다크 엘프, 고블린, 프로그맨 등의 종족도 즐겨 선택했다.

그리하여 계약을 위해 이현의 집 앞에서 상주하게 된 방송국 임원들!

로드릭 미궁의 탐험 이후로 상당히 오랜만이었다.

"으흠, 또 뵙게 되는구려."

"현 부장님께서도 요즘 딱히 일이 없으신 모양입니다."

"평일에 방송되는 네이판의 모험이라는 프로그램이 흥행하고 있어서 직접 손대야 할 업무가 적어졌지요."

"시청률이 갈수록 하락세던데요?"

"뭣이!"

방송국 관계자들의 으르렁거림도 어제오늘의 이야기는 아니었다.

방송 보도를 통해서는 타 방송사들을 존중하지만, 직접

계약을 다퉈야 하는 처지에는 피 튀기는 경쟁이 이루어졌다.

'저놈이 얼마나 준비해 왔을까.'

'옵션으로 광고 비용을 따로 챙겨 주는 정도로 될까. 국장한테 보고하고 더 높여 줘야 하는 것 아니야?'

방송국들끼리의 경쟁은 이현에게도 긍정적인 일이었다.

과거에는 방송국에 직접 가서 계약을 했지만, 이제는 관계자들을 불러서 한껏 분위기가 달아오르게 한 후에 도장을 찍는다.

이거야말로 확실한 갑의 위치에 서 있기 때문!

방송국 관계자들은 뜨거운 햇볕을 피해서 대문 앞에 섰다.

"그나저나 오늘은 나올지······."

"요즘 집 밖으로 아예 안 나온다는 소식이 파다하던데요."

"모험이 그만큼 중요하다는 증거 아니겠습니까? 오늘도 로열 로드에는 폭군 위드에 대한 소문이 파다하게 퍼지고 있다는데."

이현이 캡슐에 들어가 있다면 몇 시간이고 하염없이 기다릴 수밖에 없다.

'저놈들만 없으면 초인종을 누를 텐데.'

'어디 가서 시원한 음료라도 마시고 싶다. 저녁까지 기다려도 안 나오면 여기서 야근을 해야겠지. 이사로 승진했다고 기뻐하는 마누라를 생각하면 퇴근은 물 건너갔군.'

'우리 방송국만큼 좋은 계약 조건을 준비한 곳은 없겠지.

다른 해외 방송국들에 프로그램을 판매하는 조건으로 그 로열티 수입까지 합친다면…….'

'우리 자식 놈도 나중에 로열 로드나 시켜야지.'

정오가 되었을 무렵이었다.

이현이 대문을 열고 나오면서 따뜻하게 미소를 지었다.

진심이 담긴, 곧 들어오게 될 돈을 생각하며 기뻐하는 표정!

"어라, 저희 집에는 어쩐 일로 오셨습니까?"

"아이고, 그간 안녕하셨습니까. 지난번 방송이 시청률이 워낙에 잘 나와서요. 인사차 들렀는데 빈손으로 오기 민망해서 여기 약소하지만……."

"강 부장님도 계셨군요."

"얼굴 본 지도 오래되고 해서 이야기나 좀 나눌까 하고 와 봤습니다. 참, 삼별 전자에서 신형 텔레비전이 출시되었는데 받기 편한 시간을 말씀해 주시면 배송시키도록 하겠습니다. 무슨 특별한 의도가 있는 건 아니고, 편하게 저희 방송을 좀 시청해 달라는 뜻에서요."

"아니, 그럴 필요는 없는데요."

"절전형 모델입니다."

"그럼 성의를 생각해서 잘 받아 보겠습니다."

이현은 방송국 관계자들에게 한두 가지씩을 받아서 챙겼다.

아부와 접대에 대해서는 서로 간에 경험이 많다 보니 긴말이 필요 없다.

방송국 관계자들도 이현이 선물을 받는 편이 마음이 훨씬 편했다.

그동안 상대해 본 바에 따르면 뇌물에 대해서는 더없이 정직했다. 받아 챙긴 만큼은 호의를 베푼다.

시중 판매 금액에 따라 정확히 구분해서 고마워했으니까!

이현은 집 안으로 들어온 그들에게 커피 믹스와 보리차를 내다 주었다.

"요즘 모험이……."

지난번과 같이 CTS미디어의 현 부장이 구체적인 이야기를 꺼내려고 할 때였다.

"우선 잠시만 기다리시죠. 찾아온 손님이시니 변변치 않지만 제 손으로 식사라도 대접해 드리고 싶어서요."

"그, 그럴까요?"

방송국 관계자들로서는 다소 의외였다.

이현의 쪼잔한 성격에 대해서는 방송국 고위층 사이에 널리 알려져 있었다. 예전 방문에서도 커피 한 잔 내주고 나서 바로 빨리 본론을 이야기하도록 재촉했는데, 이번에는 따로 식사까지 준비해 준다니.

'설마 컵라면은 아니겠지.'

'짜파게티라도 끓여 주려나?'

이현은 마당으로 나가며 말했다.

"시간이 조금 걸릴 겁니다. 재료를 구해야 하거든요."

"아, 물론 기다릴 수 있습니다."

마당에서 푸드득거리는 소리가 나디니 잠시 후에 고요해졌다.

집에 들어오는 그들을 경계하며 짖어 대던 개들도 얌전히 있었다.

개들의 침묵!

무언가 위잉 하고 기계를 돌리는 소리도 나고, 잠시 후 현관문을 열고 들어온 이현의 손에는 털이 다 뽑힌 닭이 들려 있었다.

이현은 바로 주방으로 가더니 도마를 꺼내고 요리를 시작.

감자와 야채도 듬뿍 넣고, 손님들을 위해 닭볶음탕을 요리했다.

"혹시 방금……."

"아마도 땅에서 모이를 쪼아 먹던 그 닭이 맞는 것 같습니다."

"……."

방송국 관계자들은 이현이 보통 인간과는 확실히 다르다고 느꼈다.

아울러 기대도 더욱 커졌다.

'우리를 위해서 따로 요리까지 준비하는 걸 보면 저 더러운 성격에 접대하려고 하는 목적은 아닌 것 같고, 이번 모험이 진짜 대박인가 보군.'

'뭔가가 있어. 우리 방송국 분석실에서 퀘스트의 내용을 파악해 본 바로는 보통 난이도나 스케일이 아니야. 지금까지 해 왔던 것과는 차원이 다를지도 몰라.'

'확실히 큰 건수다.'

평소 안 하던 요리까지 하니 기대 심리가 마구 부풀어 오를 수밖에 없었다.

그리고 완벽하게 조리된 닭볶음탕!

"맛있군요."

"평생 이렇게 맛있는 닭 요리는 처음입니다."

방송국 관계자들은 엄지손가락을 치켜들었다.

아부를 떨기 위해 하는 말이 아니라 정말 처음 먹어 보는 꿀맛이었다.

이현이야말로 만능 일꾼이란 말이 틀리지 않았다.

방송국 관계자들이 10명이나 되다 보니 큼지막한 토종닭도 금방 뼈만 남기고 사라졌다.

"그럼 제 모험에 대한 이야기를 해야겠군요."

이현이 먼저 말을 꺼냈다.

슬슬 그도 방송 중계를 시작해야겠다고 판단하고 있었다.

조각술 최후의 비기 퀘스트는 이미 절정 단계에 올라서, 이제 헤르메스 길드가 방해할 수 있는 수준이 아니다.

게다가 모험의 내용을 오래 끌며 묵혀 놓으면 흥이 식기 마련이다.

결과가 먼저 베르사 대륙에 소문을 통해 알려져 버리거나 실패하기라도 한다면 방송 계약에 있어서도 손해를 보지 않겠는가.

"지금 진행하고 있는 모험은 조각술 최후의 비기와 관련이 있는 것입니다."

"최후의 비기요?"

"그런 게 있습니까?"

방송 관계자들에게도 조금은 생소한 단어. KMC미디어의 강 부장은 언뜻 들었던 내용이 있었다.

"최후의 비기라면, 존재하기는 하지만 관련 직업 스킬의 비기를 전부 모으고 나서야 얻을 수 있는 걸로 아는데요."

"맞습니다."

"그러면 조각술의 비기를 이미 다 모았다는……."

"모았죠."

"……."

한 가지의 비기를 얻기도 어려운데 직업 전체의 비기를 모두 모았다니!

과연 위드라는 감탄이 나오기도 전에 드는 생각!

'특종이다!'

'어서 알려야 해!'

'저놈들보다 먼저 방송국에 전해야 하는데.'

그러나 지금은 이현과의 대화와 방송 계약이 더 중요하다

과거에서 벌어지는 전쟁

보니 자리를 떠날 수 없다.

휴대폰으로 슬쩍 문자를 보낼 수도 없었다.

상대가 그들보다는 한참 어리다고 하지만 어쨌든 중요한 인물.

대화 중의 예의가 아닐뿐더러, 그런 사소한 부분까지도 속 좁고 옹졸하게 갚아 줄 사람이기 때문!

"먼저, 지난 로드릭의 미궁도 조각술 최후의 비기와 관련이 있었던 모험입니다. 구체적으로 어떤 내용의 모험인지는 복잡하니까 차차 설명드리고 우선 간략히 이야기만 드리자면… 광활한 베르사 대륙을 배경으로 펼쳐지는 서정적이면서도 열정적인 꿈과 용기, 사랑이 있는 방대한 서사시와도 같다 할까요."

"……"

방송국 관계자들의 입장에서는 그런 긴 수식어들은 중요하지 않았다.

'이건 무조건 잡아야 된다.'

'계약 못 하면 진짜 사표 쓰게 생겼다.'

'다음 임원 인사에서 불이익을 받게 되겠지. 노 부장이 호시탐탐 내 자리를 노리고 있던데.'

다른 방송국들이 모조리 방송하는데 자신의 방송사만 쏙 빠진다면 그 뒷감당이 안 될 지경이었다.

위드의 모험이라면 흥행은 이미 결정이 된 것인데 무엇을

망설인단 말인가.

다만 중요한 것을 묻지 않을 수 없었다.

"퀘스트를 벌써 완료…하신 겁니까?"

"아직 진행 중입니다. 예상하고 계신 것처럼 최근에 사막 도시들이 세워지고 중앙 대륙의 도시들이 파괴되는 그런 것들이 퀘스트의 여파로 나타나고 있는 것들입니다. 다 제 잘못이 아니라 조각술 최후의 비기 퀘스트가 워낙 대단해서 그런 거지요. 흠흠."

"휴우……."

방송 관계자들로서는 오히려 다행이었다.

퀘스트가 끝나지 않았다면 앞으로 더욱 흥미진진해질 것이다. 소설이나 영화의 끝부분을 미리 알고 보면 아무래도 재미가 조금은 떨어지는 것이니까.

방송국은 더 실감나게 중계를 할 수 있으며, 시청자들도 간을 졸이면서 볼 것이다.

그리고 모험의 특성상, 지금까지도 대박일 테지만 앞으로도 무언가 진짜 엄청난 것이 나타나지 않겠는가.

"조각술 최후의 비기라니, 얻게 되는 스킬에 대해서 알려주실 수 있겠습니까?"

"아직 공개할 수 없습니다."

"매우 어려울 것으로 예상되는데, 퀘스트의 난이도는 얼마나 됩니까?"

"뭐, 그냥저냥 할 만한 정도죠. 남은 과정을 조금 설명드리자면 엠비뉴 교단의 총본영 습격, 그리고 뭐, 혼돈의 드래곤 정도?"

"헉!"

경악을 넘어서서 기겁을 할 지경!

전쟁의 신 위드에 조각술 최후의 비기, 엠비뉴 교단, 드래곤까지 나왔다면 방송 작가들이 고심하면서 제목이나 홍보 문구를 지을 필요도 없다.

'끝났다, 이건…….'

'방송을 해야 된다, 무조건.'

'계약 못 하면 진짜 무조건 사표다!'

방송국 관계자들은 결연한 의지를 다졌지만 오히려 워낙 건수가 크기 때문에 당장은 계약을 할 수 없었다.

위드가 또 어떤 대단한 모험, 난이도 S급, 혹은 대륙을 구하는 뭔가를 하고 있을 거라고 생각하며 준비하고 왔지만 이 정도의 퀘스트이리라고는 그들도 미처 예상하지 못했다.

방송 출연 계약 조건에서부터 퀘스트가 진행 중이기 때문에 생방송이나 추후의 구체적인 일정까지도 협의를 해야 되었다.

물론 지금까지 쭉 그래 왔던 것처럼 전적으로 위드의 모험이 방송에서 가장 우선순위에 놓일 것이며 다른 프로그램들은 뒷전으로 밀려나야 한다는 점에서는 의심의 여지가 없었다.

"그보다, 이거 골프 회원권인데 말입니다."

"몸보신 좀 하시라고 100년 넘는 산삼 좀 보내 드리겠습니다. 정말로 약소합니다만."

"소파나 싱크대, 집 안에 가전제품 필요한 것들이 있으면 말씀만 하시지요."

다시 시작된 뇌물 공세!

업무 추진비는 이럴 때 써야 한다는 생각으로 마구 내놓았다.

여러 방송국과 비슷한 계약을 하더라도 방송 분량이나 독점 인터뷰 등에서는 차이가 날 수 있다.

"뭘 이런 걸 다… 산삼 보증서도 꼭 챙겨 주세요. 그리고 소파는 천연 가죽으로 부탁드립니다. 싱크대 설치를 위해서는 먼저 길이부터 정확히 재서 알려 드려야겠죠?"

이현은 착실하게 뇌물을 받아서 챙기고 있었다.

최근 현대사회에 들어서 뇌물은 축소되거나 사라지는 추세다. 하지만 동방예의지국에서 대대로 내려온 훌륭한 관행은 지속적으로 계승하고 발전시켜야 하지 않겠는가.

그렇게 다들 주거니 받거니 화기애애한 가운데에서도 오늘따라 유난히 얌전하던 KMC미디어의 강 부장이 마침내 회심의 카드를 꺼냈다.

"이 서류 좀 받으시지요."

"뭡니까?"

"땅문서입니다."

"……!"

"재개발 예정 지역에 속한 땅인데요. 흠흠, 합법적으로 명의변경이 가능하고, 매달 월세도 받을 수 있습니다. 당연히 추후 상당한 개발 이익도 얻을 수 있지요."

이번 퀘스트가 범상치 않다는 것을 사전에 알고 방송국 차원에서 비밀리에 준비해 가져온 것이었다.

덥석!

이현은 강 부장의 손을 잡았다.

"과연 방송계를 이끌어 가는 KMC미디어입니다."

"허허헛, 그렇지요!"

열렬한 반응!

그리고 방송국 관계자들이 돌아갈 때, 이현은 대문 앞까지 배웅을 나왔다.

"잘 먹고 갑니다."

"별말씀을요. 토종닭 대, 그리고 사이다 다섯 병. 45,000원입니다."

"……."

호성 그룹 자금난

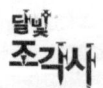

채권단 회생 불능 판정

호성 전자 신용 등급 하락. 회사채 발행 실패

굴지의 호성 그룹 이대로 무너지나

최근 1달간 신문의 헤드라인을 장식한 제목들!

호성 그룹에서는 백방으로 뛰면서 부채 상환에 주력하였지만, 계열사들마다 만기일이 겹치면서 현금 확보가 어려웠다.

부동산은 더 이상 바닥을 보기 어려울 정도의 침체였으며 아파트 분양을 위해 확보한 넓은 용지들은 팔리지도 않았다.

호성 그룹의 주력 계열사들은 동유럽이나 신흥 개발도상국, 인도, 아프리카 등지에 진출해 있었다.

호성 그룹의 기업 경영이 어려워졌다는 것을 안 외국의 바이어들이 각종 이유를 대며 차일피일 대금 결제를 미루면서 자금난은 갈수록 심화!

텔레비전과 신문을 통해서 호성 그룹에 대한 비판적인 보도가 쏟아지고 있기에 여론도 악화되어 돈 빌릴 곳도 없었다.

정치권에서는 기업 경쟁력 강화를 위해서 적극적인 구조 조정을 해야 한다면서 바람을 넣었다.

결국 전자를 비롯한 주력 회사들은 채권단 회의를 거쳐서 구조 조정과 매각을 결정.

정득수 회장은 이에 대한 책임을 지고 그룹 경영 일선에서 물러나기로 결정했다.

"후우."

바트는 로열 로드에 접속해서 분수대 주변에 앉아 있었다.

"인생이 무상하군."

기업 회장으로 엄청난 돈과 인맥을 가졌을 때에는 항상 급한 약속이 있었다. 그런데 회사가 어려워지고 회장직에서 퇴직하고 나니 숱한 친구들과 정·재계의 인맥은 모조리 끊어지고, 비서진도 사임했다.

넓은 저택에는 적막감만 감돌았기에 머리도 식힐 겸 로열 로드에 접속을 했다.

"우리 석류 사 먹으러 가자. 가몽 상회에서 할인 판매한대."

"그래? 나는 마판 상회에서 사 먹었던 과일들이 맛있었는데. 마판 상회는 가격은 좀 비싸더라도 품질은 항상 받쳐 주잖아."

무언가 신 나는 일이 있는지 유저들이 뛰어다녔다.

화려하게 장식을 한 상인 마차들이 돌아다니고, 워리어들은 부풀어 오른 근육을 뽐냈다.

번쩍거리는 무기를 든 유저들의 입가에서는 미소가 떠나지 않았다.

무기점에서 새로 장만했거나 대장간에서 새로 맞춘 것이 분명한, 사용한 흔적조차 없는 신상품을 보는 흐뭇한 눈길!
 낡고 구겨지기 쉬운 가죽 갑옷도 빳빳하게 잘 관리하여 다니는 유저들이 많았다.
 모라타에는 여전히 막대한 신규 유저들이 유입되고 있었기 때문에 초보들이 흔하게 돌아다녔다.
 과거와는 달리 조인족들이 특히 눈에 많이 띄었는데, 높은 나무에는 마치 아파트처럼 둥지들이 달려 있었다. 조인족들은 따로 집을 구입하지 않더라도 나뭇가지만 조금 모으면 편하게 거주지를 얻을 수 있다는 장점이 있다.
 외모로는 위엄 있게 눈을 부라리는 독수리형 조인족, 혹은 조금 졸려 보이는 듯한 올빼미형들이 당당하게 걸어 다녔다.
 조인족들은 레벨이 오르면 털의 색이나 외관상에서 탈피가 이루어지고 덩치도 커진다는 점을 감안하면 저들은 최소 레벨 120대의 유저들임을 알 수 있었다.
 막 시작한 조인족들은 새끼 새들로, 날아다니지도 못하고 덩치도 작은 병아리나 참새의 형태가 가장 많았다.
 "짹. 짹."
 "삐약. 삐약!"
 작은 새들은 분수대에서도 둥둥 떠다녔다.
 조인족들은 NPC와 유저를 구분하기가 아주 어려웠는데,

확실한 차이점이 있다면 NPC들은 대부분 비슷한 방향을 보고 있다는 점이다.

집단생활에 익숙한 조인족들이기에 쳐다보는 방향이나 행동 등이 비슷했다.

조인족들로 인해서 모라타에 명물도 한 가지가 더 늘어났다.

바로 조인족의 군무!

저녁 해가 질 무렵, 천공의 섬 라비아스와 모라타에서 일제히 날아오르는 조인족들.

수십만 마리의 새들이 자유자재로 독특한 형태를 이루며 하늘에 춤을 그려 냈다.

NPC들이 추는 군무에 따라서 맞추기 위하여, 유저 조인족들도 그 순간은 빼놓지 않고 날갯짓을 함께했다.

군무를 완벽하게 추고 나면 그 조인족은 매력과 명성이 오른다고도 한다.

매일 저녁의 군무 시간은 조인족들에게도, 그리고 인간이나 엘프, 드워프 종족들에게도 장관인 구경거리였다.

"저들은 참 즐거워 보이는군."

바트는 유저들을 보면서 가슴을 짓누르는 것 같은 무게를 조금은 덜어 냈다.

평생을 바친 기업을 잃어버렸지만 아직 인생이 끝난 것도 아니지 않은가.

그 많던 재산도 날려 버리고 저택도 조만간 내줘야 하겠지만, 그럭저럭 앞으로 살아갈 돈은 남아 있었다.

"밖에 나돌아 다니지도 못할 처지이니 제2의 인생을 당분간 여기서 보내 보는 것도 괜찮겠지."

바트는 무기와 방어구를 정비하고 사냥이나 가려고 했다.

파티 사냥에 대해서도 좀 익숙해져서, 광장에서 적당한 팀을 구하면 근처로는 다닐 만했다.

"말살의 불도마뱀이 위드 님한테 죽었다는데… 진짜 대박이야, 대박."

"캬하! 빨리 위드 님이 퀘스트 끝내고 돌아왔으면 좋겠다. 그러면 또 축제가 벌어질 것 같은데."

"아르펜 왕국이 얼마나 발전되었는지도 보시고 말이야."

어디서나 위드의 이야기.

바트가 모라타에서 생활하면서 유일하게 꺼림칙한 부분이 바로 위드에 대한 것이었다. 과거 한때 그에게 돈 봉투를 주면서 딸을 그만 만나라고 했던 것.

그런데 상황이 모두 바뀌었다.

회사가 망하고 나서 로열 로드를 하니 위드는 그냥 하늘의 태양처럼 쳐다볼 수도 없는 그런 존재였다.

바트도 모라타에서는 초보로 살아가는 신세였기 때문이다.

'절대 이곳에서 위드를 만나는 일은 없어야 돼. 그렇게 민망하고 창피한 일이 벌어지면 안 되니까.'

모라타는 대도시이니 방대한 땅을 다스리는 국왕 위드를 만나는 것도 쉬운 일은 아닐 것이다.

바트는 그 점이 위안이 되면서도 왠지 씁쓸한 기분이었다.

"진정 인생무상이라더니… 어쩌다 내가 이런 신세가 되었을까."

"저기, 어디 피곤하세요?"

착하고 참하게 생긴 아가씨가 그에게 말을 걸었다.

"그냥 아무것도 아니라오."

"혹시 저주라도 받으신 건… 어디 아프신 곳이 있으세요?"

"정상이라오. 관심은 고맙지만 사냥이나 하러 가야겠소."

"사냥 가실 거면 제가 축복이라도 걸어 드릴게요. 여신의 보호!"

레벨 420이 넘는 사제들만이 사용할 수 있으며 스킬 획득이 그렇게도 어렵다는 여신의 보호!

이 보호 스킬이 있다면 보통 레벨 200대 사냥터에서는 죽고 싶어도 죽기도 어려웠다.

그렇기에 도시에서 고위 사제들은 대단한 영향력을 가지고 또 존중을 받았다.

"헉, 이건…….."

바트는 방어력이 5배 가까이 오른 걸 보고 경악했다.

"하루 정도는 지속될 거예요. 좋은 하루 되시고, 조심하세요."

"잠깐만… 이렇게 은혜를 입었는데 이름이라도 알려 주실 수 있겠소?"

"이리엔이랍니다."

"아, 아가씨가 바로 백의의 천사 이리엔 양이시군요."

"과찬이에요. 그럼 전 저기 다친 분들이 보이니 저곳으로 가 볼게요."

"고맙소."

모라타의 유명 인물 이리엔을 만나 보게 된 건 큰 영광이었다.

바트는 멀어지는 그녀의 뒷모습을 보며 깊은 한숨을 내쉬었다.

"내 딸은 어디서 무엇을 하고 있을지… 제대로 밥은 챙겨 먹고 고생은 하지 않을지 모르겠군. 딸에게 돈이 아니라 마음으로 잘해 줄 것을."

폭군의 등장

위드의 군대는 연전연승을 거두었다.

저항하는 소규모 공국들을 다 부숴 버리고 광활한 땅을 손에 넣었다.

실제로는 투항하지 않은 도시의 절반가량이 약탈, 방화로 초토화되었기에 정상적인 국가를 세웠다고 볼 수는 없었다.

하지만 노예 병사들을 주축으로 20만에 이르게 된 대군은 평원을 가득 채우고 도열할 정도로 대단한 전력이 되었다.

전쟁으로 파괴된 성을 복구하거나 도시를 정비하지도 않았기 때문에 약탈한 모든 자금은 군대의 재무장에 투입되어 병사들의 장비도 개선되었다.

항복한 모든 도시들과 마을들은 군수물자 생산 체제로 돌

입했다.

 자리가 사람을 만든다는 이야기가 괜한 게 아니라는 걸 증명하기라도 하듯이, 대제로 불리기 시작하면서 가뜩이나 무게를 잡던 위드의 말투는 더욱 근엄하게 바뀌었다.

 "날씨가 구질구질하니 매우 좋구나. 우리 군대에 입대한 병사들의 가족들은 자비를 베풀어서 살려 주도록 하여라. 하지만 금붙이가 있다면 다 빼앗도록."

 "예, 대제."

 "군대를 유지하기 위해 점령한 마을마다 세 집 중에서 1명씩은 징집병을 뽑아야 하느니라. 자발적으로 나오지 않으면 몽땅 모가지를 콱… 아니, 깨끗하게 쓸어버리도록 하라."

 "명을 받듭니다."

> -대량으로 강제징병을 합니다.
> 도시의 치안과 충성심이 함께 하락합니다.
> 경제활동과 생산에도 큰 차질을 주며, 장기적으로 기술력을 감소시키게 될 것입니다.
> 군대에 대한 거부감을 심어 주게 될 것이며, 침략자에 대한 저항운동이 벌어질 수도 있습니다.
> 주민들은 당신이 안정된 통치보다는 전쟁에 관심이 많다는 인식을 갖게 될 것입니다.
> 강제로 징집된 병사가 죽게 되면 가족들은 깊은 반감을 갖게 됩니다. 그들을 위로하는 일은 불가능할 것입니다.

 위드의 정책은 통치의 단계까지 멀리 내다보는 건 아니었다.

충분한 시간만 있다면 성과 도시 들에 투자를 하고 발전을 시켜서 전쟁의 시대에 거대한 제국을 도모해 볼 기반을 닦을 수 있다.

그렇지만 엠비뉴 교단과 싸워야 할 시간이 다가오는 만큼 길게 시간을 끌지 못했다.

게다가 이곳에서 보내는 세월만큼, 미래의 현실에서는 헤르메스 길드는 영역을 확장하고 유저들은 사냥을 통해서 레벨을 올리고 강해질 것이 아닌가.

위드는 이렇게까지 하고 나서 퀘스트를 실패하기라도 하면 몽땅 날리는 셈이 된다.

그리고 세상에 믿을 놈이란 정말 드물었다. 퀘스트를 하느라 자리를 오래 비우다 보면 아르펜 왕국도 누가 중간에 해 먹을지도 모를 일.

"길게 끌 수가 없어. 끓는 물에 이미 라면이 들어갔다."

그야말로 돌이킬 수 없는 상황이었다.

전쟁을 하면서 영토를 장악해도 내정이나 투자, 발전에 대해서는 일절 신경 쓸 수가 없었다.

전쟁의 시대에 통하는 방식은 오직 패도!

위드는 전투를 거듭하면서 약탈과 강제징병으로 군대만 늘렸다.

마을과 도시 들을 함락시킬 때마다 사막에 꽂힌 붉은 칼을 표현하는 군대의 깃발들은 더욱 많아졌다.

병력이 25만에 이르렀을 때에는 군대에 있는 노인들과 14세 미만의 어린아이들은 고향으로 돌아가도 좋다고 풀어 주었다.
　"이 땅과 군대를 다스리는 대제왕으로서 너희에게 자비를 베푸노라. 고향으로 돌아가서 가족들과 함께 행복하게 살도록 하여라."
　물론 헐벗고 굶주린 그들이 멀고 먼 고향까지 무사히 살아서 돌아갈 수 있을지는 관심이 없었다.

> ─어마어마한 군세를 보고 나서 겁에 질린 테이튼의 성주가 항복했습니다. 침략자의 악명에 질린 그는 재물은 다 포기하고 목숨만이라도 건지기를 원합니다.

> ─에른 성의 귀족들은 모두 달아나 버렸습니다. 얼마 되지 않는 병사들은 투항의 의사를 밝히고 있습니다.

　"엠비뉴의 추종자들이 있는 곳이구나. 검을 쥘 수 있는 나이의 청년들은 모두 포로로 잡도록 하여라. 그리고 불을 질러라."
　위드는 군대를 이끌고 전쟁의 시대에서 활약을 하는 것이 너무 재미있었다.
　정복자.
　정제되지 않은 거친 야망을 풀어낼 수 있는 것이다.
　이윽고 그의 군대는 성벽이 좌우로 끝없이 늘어서 있는 장

소에 도달했다. 허물어진 부분이 전혀 보수되지 않아서, 파괴하지 않고도 넘어가는 데에는 지장이 없었다.

"이곳이 켈튼 왕국의 국경입니다."

켈튼 왕국은 전쟁의 시대에서 손에 꼽히는 군사 강국이었다.

공국들과의 접경 지역에는 큰 요새들이 없었는데, 설마 이쪽으로 침략해 오는 군대가 있을까 싶었으리라.

국경을 넘어서 침략해 들어가면 켈튼 왕국의 정예군이 대응에 나설 테고, 그랬다가는 병력이 전멸하지 말라는 보장도 없었다.

"통과한다."

켈튼 왕국의 국경 수비군도 격파!

위드의 전투 능력은 인간 중에서는 대적할 자가 없을 지경이라서 국경 수비군에 속한 기사단을 데리고 놀았다.

그의 스킬이 작렬하여 주변을 초토화시키면 기사들조차도 두려움으로 벌벌 떤다.

그 뒤로는 전투에 능숙한 위드 직속 사막 전사들이 낙타나 말을 다루며 적진을 돌파해 냈다.

위드는 일반 병사들을 다루는 전술 또한 과격하고 파괴적이었다.

침략을 한 입장인 만큼 시간을 끌게 되면 적들의 군대는 계속 쌓이게 된다. 매번의 전투에서 압도적으로 승리를 거두면서 쓸 만한 포로를 잡아야 했다.

소리만 힘껏 지르는 엠비뉴의 광신도보다는 패잔병들을 포함시키는 편이 훨씬 유리했다.

25만의 군대가 항복한 병사와 기사 들로 어느 정도 실질적인 전투력을 갖추어 가는 단계였다.

아직까지 살아 있는 엠비뉴의 광신도도 14만을 넘었고 포로를 잡아들일 때마다 계속 늘어났지만, 또한 그만큼 죽음으로써 줄어들었다.

"사막의 지배자이며 생명의 물과 뜨겁고 광활한 모래의 주인, 율법의 창시자, 이 땅을 파괴해 주실 위드 대제왕 폐하 만세!"

"킬킬킬. 영광이옵니다, 폐하!"

광신도들은 위드를 오히려 좋아하며 따르고 있었다.

그들의 적성에는 딱 맞는 행동만 하고 있었기 때문이리라.

"방어진을 무시하고 돌파하라. 오른쪽 부대는 모두 죽을 때까지 끝까지 싸우도록 해. 적과 싸우지 않고 도망가는 놈들이 있다면 목을 쳐라."

코끼리 군단과 마주친 적 군대는 당황하거나 겁에 질리기 일쑤였다. 그때를 노려, 희생을 무릅쓰더라도 적을 와해시키고 단숨에 파괴해 버렸다.

띠링!

> -전쟁 공적을 세웠습니다.
> 신참 병사들 중에서 438명이 숙련병으로 승급합니다.
> 숙련병 613명이 백전노장으로 승급합니다.
> 기사 4명이 하급 지휘관으로서의 통솔력을 새로 갖췄습니다.

 엠비뉴에 물들어 있는 병사들이 몇 차례의 전투를 치르고 나면 차가운 물을 뒤집어쓴 것처럼 깨어나서 정상적인 사고를 하는 경우가 있었다.
 신앙심보다는 목숨이 소중하다는 깨달음!
 물론 위드는 그럼에도 개과천선을 믿지 않고 광신도 출신들은 돌격 부대로 편성해서 적 병사들에게 계속 던져 주었다.
 "대제님을 끝까지 믿고 따르겠습니다."
 "제 생명을 바치겠습니다."
 위드는 갈수록 많은 병사들의 충성을 받아 냈다.

> -군대의 충성도가 3 오릅니다.

 놀라운 카리스마와 전투 공적으로 이루어 내는 군대 장악!
 "역시 갈구면 다 되는 거야."
 위드는 전쟁의 시대의 명실상부한 대제왕이 되어 가고 있었다.
 사막을 장악하고 있을 뿐만 아니라 숱한 공국과 도시국가, 다간 왕국, 에루나 왕국 등을 병탄하였다.
 민심이나 물자, 내정에는 관심을 기울이지 않는 만큼, 군대의 전쟁 수행 능력은 압도적이었다.

 어느새 보급을 위한 마차만 수 킬로미터에 이르는 장관을 이룰 지경이었다.

 "켈튼 왕국에는 엠비뉴를 믿는 신도들이 조금 적군. 그래도 어쩔 수 없지. 마폰 왕국을 치기 위해서는 이곳을 거쳐야만 하니까."

 켈튼 왕국과는 이어서 연속으로 세 번의 전투를 치렀다.

 그들은 중앙군과 변방 기사단, 귀족군 등으로, 병력도 이만저만 많은 것이 아니었다.

 평원을 넘어가고 도시로 다가갈 때마다 5만, 7만의 정예 병력이 우습게 나타났다.

 "기사 발레스다. 야만족의 수장은 썩 나서라. 너의 나약함을 꾸짖어 주겠노라."

 훗날 칼라모르 왕국으로 이어지는 기사도의 나라이기에 적 진영에서 가장 강한 기사가 대표로 도전했다.

 "자발적으로 상납을 해 주겠다니 이렇게 고마울 데가."

 그럴 때면 위드가 나가서 쓱싹!

 어지간한 전투는 위드가 무력을 얼마나 발휘하느냐에 따라서 쉽게 결판이 났다.

 전쟁의 시대에 기사들과 마법사들의 수준이 매우 높다고는 하나, 이들이 보기에도 위드의 무력은 거의 하늘 끝에 닿아 있다고 느낄 정도였다.

"훌륭하군. 이렇게 멋진 검술이라니… 패배도 영광이다. 죽여라."

"나이가 아직 어리구나. 내 너의 가능성을 보니 이런 곳에서 죽기에는 아까운 인재라는 생각이 든다. 나를 따르지 않겠는가?"

괜찮은 기사들에게는 영입 제안도 던져 보았다.

"켈튼 왕실에 충성을 다짐한 몸이다. 더구나 명예를 아는 내가 야만족의 수장을 따를 리가 있겠는가?"

"나와 함께한다면 원하는 만큼의 황금과 보석을 얻을 수 있을 것이다."

"지금은 졸렬한 힘을 믿고 기세등등하지만 너의 군대는 곧 처참하게 패하여 뿔뿔이 흩어지게 될 것이며, 너 또한 황무지에서 비참한 죽음을 맞이하게 될 것이다. 악취를 풍기는 해골이 되어 썩고 있는 스스로의 모습을 상상해 보라."

"말이 심하구나."

"아직 할 말이 더 남아 있다. 못난 너의……."

싹둑!

"커어억!"

하지만 기사들이 모두 다 고지식한 것은 아니었다.

"나를 따른다면 진정한 검을 보여 주겠다. 사나이답게 말에 올라서 대륙을 제패하고 싶지 않은가."

"기사로서 항상 더 넓은 세계로 나아가고자 하는 꿈이 있었습니다. 살려 주시면 이 목숨 제왕에게 바쳐 충성을 다짐하겠습니다."

 검술과 실력 향상에 눈이 멀어 있는 기사들은 위드의 사람 됨됨이를 알지 못하고 대결을 통해서 간단히 부하가 되는 경우도 많았다.

 간사한 귀족들은 스스로 부하들을 거느리고 투항 의사를 밝혀 오기도 했다.

 "대제왕 위드 님을 따르고 싶습니다."

 "이런 날이 오기를 간절히 빌었습니다. 대제를 뵙게 되어서 영광입니다. 대대로 충성을 바칠 터이니 저희 가문을 거두어 주소서."

 위드는 귀족들의 눈을 보았다.

 전형적으로 얍삽하게 생긴 간신배의 느낌!

 "잘 왔느니라. 너희의 꿈을 내가 이루어 줄 것이며, 충심으로 나를 따른다면 넓은 땅과 많은 노예를 줄 것이다."

 "감사하옵니다, 폐하."

 "근데 빈손으로 왔느냐?"

 투항한 귀족들의 군대는 믿지 않고 바로 선봉으로 내보냈다.

 점령지들은, 따로 관리가 필요한 곳에는 사막 전사 일부와 노예 병사들을 내보냈다.

 제대로 정복을 마치지 않은 왕국들은 다시 탈환을 하려고

할 것이기 때문에 애초에 최소한의 병력만을 남겨 놓았다.

그들에게 남겨진 명령은 적들의 침입이 있을 경우에는 도시를 불태우라는 지시!

실질적인 전투는 사막 전사들이 주도했지만, 그들이 최대한 활약할 수 있도록 노예 병사들은 아낌없는 희생양이 되었다.

전투를 승리하고 도시와 마을을 들를 때마다 새로운 징집병들이 모집되면서 군대의 인원은 계속 채워졌다.

사막 전사들은 죽으면 보충이 어렵기에 아꼈지만 일반 병사들은 매번의 전투가 죽느냐 사느냐의 문제였다.

그럼에도 무자비한 징병으로 인해서 군대의 양과 질은 일정하게 유지되었다.

"켈튼 왕국은 기사도의 나라이고 엠비뉴의 광신도 역시 별로 퍼지지 않았지만, 나중에 칼라모르 왕국을 거쳐서 하벤 제국에 포함되게 되지."

위드는 앞으로 벌어질 역사를 생각해 보았다.

켈튼 왕국은 전쟁의 시대가 끝날 무렵 이 부근의 영토를 모두 획득하여 칼라모르 제국을 세우게 된다.

한때나마 제국이 될 정도로 강대한 국력을 자랑하지만, 국토를 잃고 다시 몰락하여 왕국으로 격이 낮아지고 결국 하벤 제국에 잡아먹히게 된다.

그렇지만 엠비뉴의 광신도가 별로 없는 켈튼 왕국의 도시들을 초토화시키면서 오랫동안 머무르는 것도 그다지 현명한 판단은 아니었다.

현재의 하벤 제국에서 칼라모르 왕국은 가장 많은 반란군이 등장하고, 고질적인 치안 악화로 골치를 썩는 지역이기 때문이다.

"차후 하벤 왕국이 되는 건 마폰 왕국과 베이너 왕국의 통합이지."

위드의 잔머리가 분주하게 굴러갔다.

나쁜 짓을 하려고 할 때면 스스로 척척척 되는 두뇌 회전!

"무릇 왕이라고 하면 강하고 자유로워야 하지. 외부의 시선 따위는 신경 쓸 필요가 없어. 개인적인 악감정이다. 이 마폰 왕국과 베이너 왕국은 완벽하게 파괴해 버려야겠노라!"

2개의 왕국을 쑥대밭으로 만들겠다는 선언!

굳이 그럴 필요는 없었지만 대도시마다 쳐들어가서 불을 질러 버리고 포로들을 실컷 잡기로 했다.

위드의 이런 행동이 훗날 하벤 제국의 인구를 조금 많이 줄여 놓게 되리라.

"부지런히 움직여야 되겠군. 부하들을 데리고 퀘스트를 진행할 수 있는 시간이 길지 않아."

아예 다 파괴해 버린다고 해도 하벤 왕국의 존재 자체가 역사에서 완전히 사라지는 건 아니다.

위드가 사막 전사들을 데리고 중앙 대륙을 휩쓰는 건 베르사 대륙의 기나긴 역사에서 본다면 잠깐 동안이다. 마폰 왕국의 사람들은 다시 국가를 세울 것이고, 복구에 나설 것이다.

이미 결정되어 있는 중요한 역사 전체가 뒤바뀌지는 않는 것이다.

그럼에도 주택이나 상업 발전도 등은 확실히 떨어뜨릴 수 있을 것이며, 어중간한 도시들은 흔적도 없이 날아가 버리거나 몬스터들의 서식지로 바뀌기도 할 것이다.

"전쟁을 하면서 왠지 더 힘이 나는군!"

나쁜 짓이란 중독성이 있었다.

"사막의 모래바람이 일어나듯이 도시들이 흔적도 없이 사라졌습니다, 제왕!"

"크흐흐흣, 오늘은 300명이 넘는 주민들의 목을 쳐 버렸습니다."

"피의 축제를 벌여 보지요!"

약탈과 살육이 계속 벌어지면서 일반 병사들은 물론이고 사막 전사들 중에도 조금씩 변해 가는 이들이 등장했다.

위드의 조각 생명체들과 700여 명의 직속 부하들은 강함을 추구하며 전투 자체에 관심이 많다.

그러나 그 후에 받아들인 사막 전사들은 그 정도의 정신적인 강인함이 없었다. 그저 반복되는 잔인한 승리에 취해서 살상을 즐기게 되었다.

따끔하게 혼을 낼 수도 있지만, 위드는 그들이 피가 주는 광기에 빠져드는 것을 방치해 두었다.

"미치지 않으면 계속되는 전투의 긴장감을 이기기는 어렵지."

위드와 직속 부하들이 매우 강하다고는 해도, 2만여의 사막 전사들, 그리고 제 역할을 하기에는 무리인 병사들을 데리고 연속적으로 쉬지 않고 전투를 하기에는 무리가 있었다.

정신이 나갈 정도로 파괴하고 죽여야만 하리라.

위드가 지금 하려는 것은 건설이 아니라 무차별 파괴였기에!

"마폰 왕국, 베이너 왕국. 할 수 있는 한 모두 부숴 버리겠어."

"매우 골치 아픈 변수가 생겼군. 한동안 잠잠하다 했더니……."

헤르메스 길드의 수뇌부에서는 긴급 대책 회의가 열렸다.

"피사로는 교통의 요지로서, 여기까지 무너지게 되면 중남부의 세금 징수와 무역에 심각한 장애가 발생합니다."

"헤르가 강 일대의 도시들의 인구가 줄어들어서 경작지가 급속히 줄어들고 있습니다. 대풍년을 예상하였지만 수확량이 절반 이하에 그치게 될 것 같습니다. 어쩌면 그 이하일지도 모르죠."

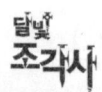

위드의 모험으로 인한 도시의 파괴는 가볍게 볼 수가 없는 사안이었다.

대도시들이 한순간에 날아가거나 반 토막이 되어 버린다.

위드는 점령한 도시를 아예 불태워서 싹 없애 버렸지만, 긴 역사가 흐른 후에 복구되는 경우가 잦았다.

하지만 그렇더라도 당하는 쪽의 입장에서는 그 피해로 인해서 막대한 손해를 입는다.

경제적인 피해도 상당하였지만, 내부적인 동요도 발생했다.

영주들은 정복 전쟁에서 공을 세워 도시와 성의 관리권을 받았다. 나름대로 도시 발전에도 많은 투자를 했는데 예측할 수 없던 피해로 날아가 버리니 허무하게 된 것이다.

헤르메스 길드의 수뇌부에서는 수익성이 좋은 포도 농장이나 은광을 줘서 영주들을 다독였지만 사태는 끝난 게 아니었다.

점점 하벤 제국의 수도로 다가오는 위드에 대한 마땅한 대책이 없다는 점이 골칫거리였다.

"쾰른은 피해를 입어서는 안 됩니다. 중갑기병대의 양성소가 있습니다."

"그걸 누가 모릅니까? 우리가 어찌할 수 없다는 게 문제지!"

위드의 모험에 대해서는 헤르메스 길드도 손을 놓고 있을 수밖에 없었다.

방송국 고위 관계자들을 통하여 입수한 정보에 의하면 먼 과거로 가서 모험을 하고 있다는데 도대체 무슨 수로 저지할 수 있겠는가.

"연합군은 사정이 어떻습니까?"

"계속 패퇴하고 있습니다. 놈들은 재기하지는 못할 것입니다."

하벤 제국의 주력군은 연합군이 다시 뭉칠 여유를 주지 않으면서 몰아붙였다.

바드레이를 비롯한 각 군의 사령관들이 기대 이상으로 잘해 주고 있었다.

엘프의 숲과 야만족의 영역까지도 넘보고 있는데, 대륙통일을 위해서는 언젠가 해야 할 일이라서 시작했다. 그런데 의외로 그쪽에서도 성과가 나쁘지 않았다.

엘프들은 귀신과도 같은 궁술로 숲에서 활약을 했지만, 몸 전체를 가리는 넓은 방패를 가진 중장갑보병들의 전진을 막아 내지는 못했다.

숲 전체를 에워싸고 포위망을 좁히는 방식으로 엘프들을 몰아 놓고 척살!

엘프들은 그 숫자가 많지 않은 만큼 최후의 결전에서 이기더라도 규모가 크게 줄어들어 버리고 말았다.

인간들은 식량과 치안만 확보되면 인구가 급격하게 늘어난다.

오크들의 경우에는 별 조건도 없이 그냥 잠깐 있으면 바글

바글해진다. 상처투성이의 오크 부부가 힘겹게 산속으로 들어가고 나면 1달쯤 후 거기에 오크 성채가 생길 정도다.

천부적인 사냥꾼, 일찍부터 자기 몫을 하는 오크들이기에 낳아만 놓으면 전사나 투사로의 승급이 금방 이루어졌다.

척박한 환경에서 살아갈수록 오크들은 전멸만 당하지 않는다면 더 강력해졌다.

그러나 엘프 주민들은 그에 비해서 성장 속도가 느리고 아이도 잘 낳지 않는다. 마법과 정령술에 능숙하지만 전투보다는 식물의 성장 촉진이나 물을 정화하는 등의 친환경적인 비중이 높았다.

물론 뛰어난 궁술과 민첩한 몸놀림, 마법까지 잘할 수 있는 엘프를 선택한 유저들도 많이 있다. 그들 중에는 종족의 유리함을 한껏 살린 랭커들도 상당수 있었다.

단지 엘프 유저들은 숲을 지키고 싸우는 데 협력을 하지 않는 편이다.

인간들처럼 왕국을 세우고 그 속에서 활동하는 것이 아니기에 헤르메스 길드의 침략에도 불구하고 관심이 적다.

일찍부터 숲을 떠나서 활약하는 유저들은 오히려 종족이 다른 명문 길드에 많이 포섭되었다.

역설적이게도 엘프 랭커들을 가장 많이 보유한 길드가 헤르메스였던 것이다.

"예상치 못한 약간의 피해가 있더라도 전쟁이 가장 중요합니다. 중앙 대륙을 빠르게 점령하고 엠비뉴 교단을 없앤 후에는 바드레이 님께서 직접 군대를 이끌고 북부로 출정하실 겁니다."

연합군이 와해된 마당에 더 이상 전쟁을 끌고 가야 할 필요는 없다.

압도적인 군대로 성과 요새 들을 접수하고, 수비가 상대적으로 허술한 도시로는 기병들을 파견한다.

매일 방대한 영토와 주민들이 하벤 제국으로 들어왔다.

엠비뉴 교단을 쳐부수고 나면 그들이 원하는 대제국의 완성이 이루어진다.

"관용은 없습니다. 애초부터 계획이 그랬지만, 북부는 완벽하게 파괴하여 사람이 살 수 없는 곳으로 만들어 버릴 것입니다. 네크로맨서들과 흑마법사들을 통해 지역 전체에 강력한 저주도 심어 놓을 것입니다."

북부의 황폐화가 헤르메스 길드의 계획!

중앙 대륙의 막강한 경제력과 군사력을 북부로 투입한다면 아직 제대로 성장하지 못한 아르펜 왕국이 저항하기란 무리라고, 누구나 그렇게 생각했다.

위드의 모험, KMC미디어에서 오늘부터 방송 시작합니다.

CTS미디어, 이 시간부터 위드의 모험을 특집 생중계!

LK게임에서는 독점 인터뷰를 준비했습니다. 위드가 말하는 전쟁의 시대란!

온 방송국, 24시간 위드의 모험 편성 결정!

로열 로드의 방송국들은 특집 생중계를 실시하며 광고를 띄웠다.
 단 1명의 모험으로 인해서 모든 방송국들이 비상 체제로 접어들었다. 다른 사람의 모험이라면 어이가 없을지도 모르지만 그 대상이 위드이기에 모든 것이 자연스러웠다.
 -드디어 한다. 이것만 기다려 왔는데.
 -인생의 재미.
 -위드만 보고 있으면 항상 웃을 수 있어서 좋아요.
 시청자들의 반응도 벌써부터 폭발적이었다.
 방송국들은 고위 관계자들끼리 미리 협의를 했다.
 "몇 시간, 혹은 하루 만에 위드의 모험을 다 방송하기에는 너무나 아깝지 않습니까?"
 "저도 그렇게 생각합니다. 광고주들도 시간은 상관없으니 새벽 재방송에라도 넣어 달라고 사정을 하는데요. 지금까지 광고 연락이 온 것만 백쉰 건이 넘었습니다."

"시청률도 당연히 높을 테고 광고주들의 요구도 무시할 수는 없겠지요."

 "제작 PD들의 보고가 있었는데, 지금까지 받은 영상만으로도 놓칠 수 없는 장면들이 가득하답니다."

 "사막에서의 성장 퀘스트. 이건 제가 조금 살펴봤는데 퀘스트 내내 흐르는 긴박함이, 편집이고 뭐고 필요 없이 그냥 모조리 방송을 해도 될 정도예요."

 방송국들은 협의를 해서 위드의 모험을 앞으로 닷새간 나누어서 틀기로 했다.

 매일 분량을 정해서, 그 날짜에 맞는 부분까지만 방송을 하는 것이다.

 방송국들은 그다음 날에 벌어질 내용을 절대 사전 유출하지 않도록 하며, 예고편 홍보나 문구 경쟁도 자제하기로 했다.

 특히 조각술 최후의 비기.

 이건 매우 민감하면서도 중대한 사안이라서 홍보에 쓰면 아주 좋다. 그렇지만 처음부터 알리지 않고 둘째 날 정오부터 시청자들에게 말해 주기로 했다.

 방송에 푹 빠져서 보고 있다가 갑자기 그 이야기를 들으면 얼마나 재미있고 흥분이 되겠는가.

 시청자들은 닷새 내내 위드의 모험에 빠질 수밖에 없을 것이다.

데스나이트 반 호크와 뱀파이어 로드 토리도!

그들은 위드가 서윤과 함께 전쟁의 시대로 떠나고 난 직후 대륙에 나타나게 되었다.

"으음, 갑자기 주인의 영혼이 느껴지지 않는다."

"피 냄새마저 사라진 걸 보니 아주 먼 곳으로 가 버린 모양이로군."

"바닷속으로 빨려 들어가 버린 것일까?"

위드가 바다에서 사라지고 난 이후로 주변을 수색해 봐도 찾을 수가 없었다.

사실 맨날 주인을 따라다니면서 퀘스트와 사냥을 함께했더니 당장은 꼭 보고 싶지도 않았다.

그렇다고 바로 떠나 버리면 나중에 야단맞을까 봐 이틀 정도 해변에 머무른 후, 토리도가 먼저 몸을 일으켰다.

"나는 세상을 좀 돌아다녀 봐야겠다. 아리따운 소녀들을 만나러 가야겠군."

반 호크도 여행을 하고 싶은 건 마찬가지였다.

데스 나이트가 되고 나서부터 자유를 잃어버렸다.

암흑 군대를 이끌도록 명령했던 바르칸은 물론이고, 위드는 더 지독했다.

"주인, 칼라모르 왕국이 그립다. 그곳으로 여행을 다녀와도 되겠는가?"

"집 떠나면 어디든 다 똑같아."

"향수라고 해도 좋다. 과거에 충성을 다했던 칼라모르 왕실이 잘 있는지 보고 싶다."

"넌 데스 나이트야."

"다음부터는 이런 부탁을 하지 않겠다. 딱 한 번만이라도……."

"사냥!"

"최대한 빠른 날짜에 다녀오도록 노력을……."

"사냥!"

반 호크의 의견은 개미 코딱지만큼도 존중해 주지 않는 악독한 주인!

사실 위드 입장에서도 할 말은 있는 것이, 칼라모르 왕국이 이미 하벤 제국에 점령되었기 때문에 반 호크가 가서 괜한 말썽이라도 부리는 건 아닐지 걱정이 돼서라도 보내 줄 수가 없었던 것이다.

반 호크는 이제야 원하는 대로 칼라모르 왕국이 있는 장소를 향해 유령마를 타고 이동했다.

대낮에 데스 나이트가 움직이는 것은 대단한 볼거리이기도 했다.

가끔씩 덤벼드는 자들은 가볍게 베어 주면서 이동!

"…여긴 네가 올 곳이 아니다."

반 호크가 여행을 할 때면 암흑과 죽음의 에너지를 느끼고 그 지역에서 보스급 몬스터나 혹은 과거에 유명했던 기사의 유령이 나타났다.

"이곳을 지나가고 싶다면 나를 꺾어야 할 것이다."

"목숨을 잃은 기사여, 나는 이곳을 떠나지 못한 채로 오랫동안 존재해 왔다. 그대를 보니 검을 마주 대고 겨루고 싶구나. 죽은 자의 소원을 들어주겠는가."

거의 매일의 승부들!

반 호크는 때론 이기고, 더 강한 적을 만나면 패배하기도 했다. 보스급 몬스터들, 그리고 생전에 최고의 실력을 가졌던 기사들과 벌인 승부이기 때문이다.

반 호크는 싸움에서 지면 암흑 에너지를 잃어버리고 육체를 상실했다.

하지만 지금의 베르사 대륙에는 암흑 에너지가 넘쳐흘렀다.

전장에서 네크로맨서들이 활약하면서 지망생들이 부지기수로 늘어났다. 엠비뉴 교단의 사제들도 암흑의 힘을 주로 많이 다루었기에 도처에 에너지들이 흐르는 것이다.

반 호크는 그 암흑 에너지를 흡수하여 몸을 다시 구성하고 칼라모르까지 여행을 했다.

"으음, 여긴 완전히 모든 게 바뀌어 버렸군."

과거의 그가 기억하던 칼라모르의 웅장한 성과 도시 들은 없었다.

하벤 제국의 깃발이 꽂혀 있거나 아니면 크게 파괴된 흔적만 남아 있었다.

"다른 곳으로 가 보자."

반 호크는 유령마를 몰고 왕가의 언덕을 향했다.

이곳이야말로 칼라모르 왕국, 아니 그 이전 칼라모르 제국이었을 때부터 지켜 오던 비밀의 장소!

칼라모르 황실의 무덤이 이곳에 숨겨져 있었다. 그 시대의 황제들이 수많은 유물들과 함께 잠든 곳이다.

위드가 알았더라면 바로 삽자루를 들고 찾아왔을 장소!

"이, 이럴 수가······."

왕가의 언덕에서 반 호크는 할 말을 잃었다.

비밀스러운 무덤의 입구들은 이미 파헤쳐져 있었다.

헤르메스 길드의 발굴단이 비밀리에 몽땅 쓸어 가고 난 후였던 것이다.

"황제 폐하마저도······."

반 호크는 땅속으로 깊게 뚫려 있는 입구 앞에서 무릎을 꿇었다.

살아생전에 충성을 다했고, 그만큼 그를 신임해 주고 아껴 주던 테오도르 황제의 무덤도 발굴이 되어 버리고 만 것이다.

"확실하지 않다. 확인을 해 봐야 한다."

반 호크는 구덩이 속으로 들어갔다.

지하로 10미터쯤 내려가자 칼라모르 제국의 무늬가 새겨진 벽돌로 장식된 벽이 나타났다.

헤르메스 길드의 발굴가는 여기까지 땅을 파내고 나서 환희의 함성을 내질렀으리라.

그리고 숨겨진 무덤의 입구가 나타났다.

신이 이 땅을 다스리도록 하여 준엄한 법과 지식으로 세상을 다스린 위대한 황제, 테오도르 폐하가 잠든 곳이다.
침입자는 황제에 대한 예의를 갖추어, 이곳에서 돌아가도록 하라.

비석이 세워져 있었지만 석문은 파괴되어 뚫려 있었다.

반 호크는 떨리는 걸음으로 안으로 들어갔다.

길고 넓은 장소, 돌로 된 기둥이 천장을 받치고 있었다.

그러나 그 아래 펼쳐진 풍경은 살풍경했다.

텅 빈 상자들이 여기저기 사방에 널려 있고, 벽에는 그림이나 골동품이 있던 흔적만이 남아 있었다.

발굴단이 모조리 챙겨 간 것이다.

그리고 테오도르 황제가 잠든 석관!

원래는 5개의 계단을 오르면 나오는 제단 위에 석관이 올려져 있었다. 테오도르 황제와 황후의 모습이 양각으로 조각

되어 있는 대단한 걸작품이기도 했다.

하지만 발굴단은 석관을 무참히 부수고 황제의 부장품을 모두 가져갔다. 황제의 의복과 왕관, 신발까지, 챙길 수 있는 건 다 챙겼다.

테오도르 황제의 해골은 볼품없게 구석에 처박혀 있었다.

"오오, 나의 황제여……."

반 호크는 데스 나이트임에도 불구하고 진심으로 분노했다.

바르칸 데모프가 그를 무덤에서 꺼내서 죽음의 기사로 만들었지만 강제적인 충성에 대한 세뇌는 효과를 다했다.

지나간 과거의 모든 기억들이 마치 인간처럼 분노의 감정을 일깨웠다.

"으아아아아아아!"

반 호크가 고함을 내지르자 황제의 무덤이 지진이라도 일어난 것처럼 거세게 흔들렸다.

그리고 무섭게 일어나는 암흑의 오라!

띠링!

-이벤트가 발생했습니다.

데스 나이트 반 호크.
어둠의 힘에 의하여 암흑 군대를 다스렸던 지휘관!
그는 생전에 칼라모르 제국에서 화려한 전공을 자랑하던 기사였으니다. 숭고한 헌신과 용기, 명예를 중요하게 여기는 태도는 기사도의 표본과도 같았습니다.
테오도르 황제의 특별한 총애를 받으며 전장으로 나갔고, 부하들은 명예로운 그를 믿고 따랐으며, 훤칠한 키와 잘생긴 외모, 우아한 궁중 예법으로 뭇 여성들에게는 항상 인기가 많았습니다.
그러나 그가 죽음 이후에 겪은 운명은 가혹한 것이었습니다.
언데드의 군주인 바르칸 데모프는 그에게 암흑 군대의 지휘를 맡기기 위하여 마성의 권능을 심어 두었습니다.
반 호크는 강제적으로 암흑 군대를 지휘했지만, 바르칸이 신검에 의해 많은 힘을 잃고 난 이후로 평범한 데스 나이트가 되었습니다.
이제 그가, 깊은 절망과 분노로 심연에 잠들어 있던 힘을 깨웁니다.
이벤트 제한 : 반 호크의 성장과 분노.
어비스 나이트가 출현할 정도로 혼란에 빠진 대륙.

황제의 무덤 곳곳에서 시커먼 기운이 나와서 반 호크에게로 흘러들어 갔다.

위드와 사냥을 하면서 레벨은 이미 400대를 훨씬 넘어 있었지만, 깊은 분노와 암흑의 힘을 적극적으로 받아들이면서 급격한 성장이 이루어졌다.

전설적인 언데드, 어비스 나이트가 탄생하는 순간이었다.

반 호크는 암흑의 기운이 흘러내리는 검을 들고 포효했다.

"나의 분노가 이 땅의 모든 자들을 휩쓸 것이다!"

지하 무덤을 떨쳐 울리는 그의 함성!

이어 반 호크가 석관으로 다가가려고 하는데, 주변의 모든 것들이 일그러지기 시작했다.
"이것은… 안 돼!"
강제 소환 마법.
반 호크는 암흑의 힘을 방출하며 저항하려고 했다.
그러나 고레벨 보스급 몬스터인 어비스 나이트에게도 불가항력이 존재했다.
이윽고 강제로 소환되어 눈을 떠 보니, 어디서 많이 봤던 것 같은 사람이 있었다.
바로 머리가 벗겨진 위드였다.

위드는 전쟁의 시대에서 정복을 하는 도중에 군신 아트록의 신전에도 도달하게 되었다.
도시와 마을 들을 마구 부수고 있었기에 이래저래 찔리는 것이 많은 처지!
약탈한 금은보화들을 아트록의 신전에 바쳤다.
"그래도 신인데… 벌써 나한테 해 준 것도 있고, 원래의 세계로 돌아가더라도 뭔가 조금이라도 남는 게 있겠지!"
몇 개의 부유한 공국을 털었던 만큼 금은보화의 양은 말 그대로 산더미!
자비로운 아트록은 즉각 현신하여 소원을 물었다.

-…그래, 내가 들어주어야 할 일은 없느냐.

신은 위드가 대륙에서 일으키는 수많은 피바람에 대해서 꼬장꼬장하게 따지지도 않았다.

받은 만큼은 돌려준다는 훌륭한 정신!

"엠비뉴 교단을 물리치기 위해 저와 부하들을 무적의 존재로 만들어 주소서."

-나의 뜻을 펼치기에는 제물이 조금 적구나.

캐쉬가 부족하다는 표현을 점잖게 하는 아트록!

위드도 물론 무적의 존재가 되고 나면 엠비뉴 교단보다는 중앙 대륙을 먼저 싹 쓸어버리고 싶었다.

"그러면 어디까지 들어주실 수 있는 것입니까?"

-시간의 추를 거슬러온 자여, 너의 시간대에서 원하는 자를 2명까지 이곳에 데려다 주겠다. 너의 모험이 끝날 때까지 같이 싸울 수 있으리라.

"그렇습니까?"

위드는 적지 않게 아쉬웠다.

현재의 전투 능력이라면 원래의 시간대에 있는 유저는 별 도움이 안 된다.

검치가 온다고 하더라도 전쟁터에서의 활약으로는 비교가 안 될 것이다. 위드는 고사하고, 부하인 사막 전사들에게도 따라올 수 없었다.

게다가 지금은 한창 직업 마스터 퀘스트를 하는 도중에 특별 수련을 하며 강해지고 있는 중이라서 방해하면 안 된다.

"금인이나 누렁이 같은 조각 생명체들을 데려오더라도 위험하기만 하겠고."

모험을 하고 있는 페일과 다른 동료들 중에서 2명만 데려오기도 애매하다.

"으흐흐흐, 그렇다면 여기로 바드레이를 데려와 주소서!"

위드는 바드레이를 이곳으로 소환하여 묵사발을 내 주려고 했다.

야비하기 짝이 없는 행동이지만, 이미 비겁하다거나 치사하다는 비난쯤은 상관이 없었다.

'인생 어차피 한 번 사는 거. 욕도 매일 듣다가 하루 이틀 안 들으면 너무 착하게 살고 있는 건 아닌지, 어디서 손해 보고 있는 건 아닌지 의심스러워지는 거라니까.'

하지만 아트록이 거부했다.

-그는 이미 나의 수호를 받고 있는 존재다. 그는 중요한 사명을 가지고 있기에 이곳에 올 수 없다.

"……."

바드레이는 이미 많은 헌금으로 신들의 각종 축복과 보호를 받고 있었다.

이거야말로 전형적인 부잣집 아들과의 형평성 문제!

"그러면 불러올 만한 놈이 별로 없는데."

어차피 누군가를 불러와야 한다면 오랜 기간 함께했던 부

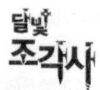

하 반 호크나 불러오기로 했다.

"반 호크를 데려와 주소서."

- 알겠다.

이렇게 하여 본인의 의사나 상황은 전혀 고려되지 않은 채, 반 호크는 위드와 군신 아트록 간의 야합을 통해서 전쟁의 시대로 끌려오게 된 것이다.

TO BE CONTINUED

꿈의 도약, 로크에서 하십시오
(주)로크미디어에서 신인 작가를 모십니다

즐거운 세상, 로크미디어는 꿈을 사랑하고 도전을 두려워하지 않는 작가 분들의 참신한 작품을 기다리고 있습니다. 21세기 장르 문학계를 이끌어 갈 차세대 선두 주자 (주)로크미디어에서 여러분의 나래를 활짝 펴 보시길 바랍니다.

모집 분야 판타지와 무협을 포함한 장르 문학
모집 대상 아마추어 작가, 인터넷 작가
모집 기한 수시 모집
작품 접수 시 유의 사항
  1. 파일명은 작가명_작품명.hwp형식을 갖춰 주십시오.
  1. 파일에 들어갈 내용은 다음과 같습니다.
     - 성명(필명인 경우 실명을 밝혀 주세요), 연락처, 이메일 주소.
     - 제목, 기획 의도.
     - A4용지 1장 분량의 등장인물 소개.
     - A4용지 2장 분량의 전체 줄거리.
     - 본문.
  1. 작품이 인터넷에 연재되고 있다면, 게시판명과 사이트의 구체적이고 정확한 주소를 기재해 주십시오.

선택된 작품은 정식 계약 후 출판물로 간행되어 전국 서점에 유통됩니다.
작가 분은 (주)로크미디어의 전폭적인 지원하에 전속 작가로 활동하시게 됩니다.
※ 자세한 내용은 로크미디어 홈페이지(rokmedia.com)를 참조하세요.

(140-133)서울시 용산구 원효로97길 46 5층
(주)로크미디어 편집부 신간 기획 담당자 앞
전화 : 02-3273-5135
www.rokmedia.com   이메일 : rokmedia@empal.com